U0532736

天喜文化

从声音到文字，分享人类思想

你是一树一树的花开

林徽因 著

天地出版社 TIANDI PRESS

目录

—诗歌—

003　"谁爱这不息的变幻"

005　那一晚

007　仍然

009　激昂

011　一首桃花

013　笑

015　深夜里听到乐声

017　情愿

019　别丢掉

021　莲灯

023　雨后天

024　中夜钟声

026　山中一个夏夜

028　微光

030　秋天，这秋天

035　忆

037　年关

040　你是人间的四月天——一句爱的赞颂

042　吊玮德

046　灵感

048　城楼上

051　深笑

053　静院

057　风筝

059　记忆

061　无题

063　题剔空菩提叶

065　黄昏过泰山

066　昼梦

069　空想（外四章）

你来了

"九·一八"闲走

藤花前——独过静心斋

旅途中

075　八月的忧愁

077　冥思

079　过杨柳

080　山中

082　静坐

083　红叶里的信念

089　十月独行

091　时间

092　古城春景

094　前后

096　去春

097　除夕看花

099　哭三弟恒——三十年空战阵亡

103　孤岛

105　诗（三首）

　　　给秋天

　　　人生

　　　展缓

110　桥

113　我们的雄鸡

115　六点钟在下午

117　昆明即景
　　　一　茶铺
　　　二　小楼

120　一串疯话

122　病中杂诗（九首）
　　　小诗（一）
　　　小诗（二）
　　　恶劣的心绪
　　　写给我的大姊
　　　一天
　　　对残枝
　　　对北门街园子
　　　十一月的小村
　　　忧郁

131　古城黄昏

—剧本—

135　梅真同他们（四幕剧，未完成）

—译文—

223　夜莺与玫瑰
　　　——奥司克·魏尔德神话

诗歌

你是一树一树的花开,是燕
在梁间呢喃,——你是爱,是暖,
是希望,你是人间的四月天!

"谁爱这不息的变幻"

谁爱这不息的变幻,她的行径?
　催一阵急雨,抹一天云霞,月亮,
　星光,日影,在在都是她的花样,
更不容峰峦与江海偷一刻安定。
骄傲的,她奉着那荒唐的使命:
　看花放蕊树凋零,娇娃做了娘;
　叫河流凝成冰雪,天地变了相;
都市喧哗,再寂成广漠的夜静!
　虽说千万年在她掌握中操纵,
她不曾遗忘一丝毫发的卑微。
难怪她笑永恒是人们造的谎,
　来抚慰恋爱的消失,死亡的痛。
但谁又能参透这幻化的轮回,

谁又大胆的爱过这伟大的变幻?

四月十二日,香山

(原载于1931年4月《诗刊》第2期)

那一晚

那一晚我的船推出了河心,
澄蓝的天上托着密密的星。
那一晚你的手牵着我的手,
迷惘的星夜封锁起重愁。
那一晚你和我分定了方向,
两人各认取个生活的模样。

到如今我的船仍然在海面飘,
细弱的桅杆常在风涛里摇。
到如今太阳只在我背后徘徊,
层层的阴影留守在我周围。
到如今我还记着那一晚的天,
星光、眼泪、白茫茫的江边!

到如今我还想念你岸上的耕种：
红花儿黄花儿朵朵的生动。

那一天我希望要走到了顶层，
蜜一般酿出那记忆的滋润。
那一天我要拐上带羽翼的箭，
望着你花园里射一个满弦。
那一天你要听到鸟般的歌唱，
那便是我静候着你的赞赏。
那一天你要看到零乱的花影，
那便是我私闯入当年的边境！

（原载于1931年4月《诗刊》第2期，署名尺棰）

仍　然

你舒伸得像一湖水向着晴空里
白云,又像是一流冷涧,澄清
许我循着林岸穷究你的泉源:
我却仍然怀抱着百般的疑心
对你的每一个映影!

你展开像个千瓣的花朵!
鲜妍是你的每一瓣,更有芳沁,
那温存袭人的花气,伴着晚凉:
我说花儿,这正是春的捉弄人,
来偷取人们的痴情!

你又学叶叶的书篇随风吹展,

揭示你的每一个深思；每一角心境，
你的眼睛望着，我，不断的在说话：

我却仍然没有回答，一片的沉静
永远守住我的魂灵。

（原载于1931年4月《诗刊》第2期）

激 昂

我要借这一时的豪放
和从容,灵魂清醒的
再喝一泉甘甜的鲜露,
来挥动思想的利剑,
舞它那一瞥最敏锐的
锋芒,像皑皑塞野的雪
在月的寒光下闪映,
喷吐冷激的辉艳;——斩,
斩断这时间的缠绵,
和猥琐网布的纠纷,
剖取一个无瑕的透明,
看一次你,纯美,

你的裸露的庄严。
……
　　　　然后踩登
任一座高峰，攀牵着白云
和锦样的霞光，跨一条
长虹，瞰临着澎湃的海，
在一穹匀净的澄蓝里，
书写我的惊讶与欢欣，
献出我最热的一滴眼泪，
我的信仰，至诚，和爱的力量，
永远膜拜，
膜拜在你美的面前！

五月，香山
（原载于1931年9月《北斗》创刊号）

一首桃花

桃花,

那一树的嫣红,

像是春说的一句话:

朵朵露凝的娇艳,

是一些

玲珑的字眼,

一瓣瓣的光致,

又是些

柔的匀的吐息;

含着笑,

在有意无意间

生姿的顾盼。

看,——

那一颤动在微风里

她又留下，淡淡的，

在三月的薄唇边，

一瞥，

一瞥多情的痕迹！

二十年①五月，香山

（原载于1931年10月《诗刊》第3期）

---

① 二十年：民国二十年，即公元1931年。——编者注

笑

笑的是她的眼睛，口唇，
和唇边浑圆的漩涡。
艳丽如同露珠，
朵朵的笑向
贝齿的闪光里躲。
那是笑——神的笑，美的笑：
水的映影，风的轻歌。

笑的是她惺忪的鬈发，
散乱的挨着她耳朵。
轻软如同花影，
痒痒的甜蜜
涌进了你的心窝。

那是笑——诗的笑，画的笑：
云的留痕，浪的柔波。

（原载于1931年9月《新月诗选》）

深夜里听到乐声

这一定又是你的手指,
轻弹着,
在这深夜,稠密的悲思;

我不禁颊边泛上了红,
静听着,
这深夜里弦子的生动。

一声听从我心底穿过,
忒凄凉
我懂得,但我怎能应和?

生命早描定她的式样,

太薄弱

是人们的美丽的想象。

除非在梦里有这么一天,
你和我
同来攀动那根希望的弦。

　　　　（原载于 1931 年 9 月《新月诗选》）

情　愿

我情愿化成一片落叶，
让风吹雨打到处飘零；
或流云一朵，在澄蓝天，
和大地再没有些牵连。

但抱紧那伤心的标志，
去触遇没着落的怅惘；
在黄昏，夜半，蹑着脚走，
全是空虚，再莫有温柔；

忘掉曾有这世界；有你；
哀悼谁又曾有过爱恋；
落花似的落尽，忘了去

这些个泪点里的情绪。

到那天一切都不存留，
比一闪光，一息风更少
痕迹，你也要忘掉了我
曾经在这世界里活过。

（原载于 1931 年 9 月《新月诗选》）

别丢掉

别丢掉
这一把过往的热情,
现在流水似的,
轻轻
在幽冷的山泉底,
在黑夜,在松林,
叹息似的渺茫,
你仍要保存着那真!
一样是月明,
一样是隔山灯火,
满天的星,
只使人不见,
梦似的挂起,

你问黑夜要回

那一句话——你仍得相信

山谷中留着

有那回音!

二十一年①夏

(原载于1936年3月15日《大公报·文艺副刊》第110期)

---

① 二十一年:民国二十一年,即公元1932年。——编者注

莲 灯

如果我的心是一朵莲花,
正中擎出一支点亮的蜡,
荧荧虽则单是那一剪光,
我也要它骄傲的捧出辉煌;
不怕它只是我个人的莲灯
照不见前后崎岖的人生——
浮沉它依附着人海的浪涛
明暗自成了它内心的秘奥。
单是那光一闪花一朵——
像一叶轻舸驶出了江河——
宛转它漂随命运的波涌
等候那阵阵风向远处推送。
算做一次过客在宇宙里,

认识这玲珑的生从容的死,

这飘忽的途程也就是个——

也就是个美丽美丽的梦。

二十一年七月半,香山

(原载于1933年3月1日《新月》第4卷第6期)

雨后天

我爱这雨后天,
这平原的青草一片!
我的心没底止的跟着风吹,
风吹:
吹远了草香,落叶,
吹远了一缕云,像烟——
像烟。

二十一年十月一日

(原载于 1936 年 3 月 15 日《大公报·文艺副刊》第 110 期)

中夜钟声

　　钟声
　　　　敛住又敲散
　　　　　一街的荒凉
　　听——
　　　那圆的一颗颗声响
　　　直沉下时间
　　　　　　静寂的
　　　　　　　咽喉。
　　　像哭泣,
　　　像哀恸,
　　将这僵黑的
　　中夜
　　　葬入

那永不见曙星的
　　　空洞——

　　轻——重，……
　　——重——轻……
　这摇曳的一声声，
　　又凭谁的主意
　　把那余剩的忧惶
　随着风冷——
　　　纷纷
　　　　掷给还不成梦的
　　　　　　人。

（原载于1933年3月1日《新月》第4卷第6期）

山中一个夏夜

  山中有一个夏夜,深得
  像没有底一样;
  黑影,松林密密的;
  周围没有点光亮。
    对山闪着只一盏灯——两盏
    像夜的眼,夜的眼在看!

  满山的风全蹑着脚
  像是走路一样
  躲过了各处的枝叶
  各处的草,不响。
    单是流水,不断的在山谷上
    石头的心,石头的口在唱。

均匀的一片静,罩下

像张软垂的幔帐。

疑问不见了,四角里

模糊,是梦在窥探?

　　夜像在祈祷,无声的在期望,

　　幽馥的虔诚在无声里布漫。①

（原载于1933年6月1日《新月》第4卷第7期）

---

① 本节在手稿中的版本为:
　　虫鸣织成那一片静,寂寞
　　像垂下的帐幔;
　　仲夏山林在内中睡着,
　　幽香四下里浮散。
　　　黑影枕着黑影,默默的无声,
　　　夜的静,却有夜的耳在听!
　　　　　　　　　　　——编者注

微　光

　　　　　　街上没有光,没有灯,
　　　　　　店廊上一角挂着有一盏；
　　　　　　他和她把他们一家的运命
　　　　　　含糊的,全数交给这黯淡。

　　　　　　街上没有光,没有灯,
　　　　　　店窗上,斜角,照着有半盏。
　　　　　　合家大小朴实的脑袋,
　　　　　　并排儿,熟睡在土炕上。

　　　　　　外边有雪夜；有泥泞；
　　　　　　沙锅里有不够明日的米粮；
　　　　　　小屋,静守住这微光,

缺乏着生活上需要的各样。

缺的是把干柴；是杯水；麦面……
为这吃的喝的，本说不到信仰，——
生活已然，固定的，单靠气力，
在肩臂上边，来支持那生的胆量。

明天，又明天，又明天……
一切都限定了，谁还说希望，——
便使是做梦，在梦里，闪着，
仍旧是这一粒孤勇的光亮？

街角里有盏灯，有点光，
挂在店廊；照在窗槛；
他和她，把他们一家的运命
明白的，全数交给这凄惨。

二十二年[①]九月

（原载于1933年9月27日《大公报·文艺副刊》第2期）

---

① 二十二年：民国二十二年，即公元1933年。——编者注

秋天，这秋天

这是秋天，秋天，——
风还该是温软；
太阳仍笑着那微笑，
闪着金银，夸耀
他实在无多了的
最奢侈的早晚！
这里那里，在这秋天，
斑彩错置到各处
山野，和枝叶中间，
像醉了的蝴蝶，或是
珊瑚珠翠，华贵的失散，
缤纷降落到地面上。
这时候心得像歌曲，

由山泉的水光里闪动，
浮出珠沫，溅开
山石的喉嗓唱。
这时候满腔的热情
全是你的，秋天懂得，
秋天懂得那狂放，——
秋天爱的是那不经意
不经意的零乱！

但是秋天，这秋天，
他撑着梦一般的喜筵，
不为的是你的欢欣：
他撒开手，一掬缨络，
一把落花似的幻变，
还为的是那不定的
悲哀，归根儿蒂结住
在这人生的中心！
一阵萧萧的风，起自
昨夜西窗的外沿，
摇着梧桐树哭。——
起始你怀疑着：
荷叶还没有残败；

小划子停在水流中间;
夏夜的细语,夹着虫鸣,
还信得过仍然偎着
耳朵旁温甜;
但是梧桐叶带来桂花香,
已打到灯盏的光前。
一切都两样了,他闪一闪说,
只要一夜的风,一夜的幻变。

冷雾迷住我的两眼,
在这样的深秋里,
你又同谁争?现实的背面
是不是现实,荒诞的,
果属不可信的虚妄?
疑问抵不住简单的残酷,
再别要悯惜流血的哀惶,
趁一次里,要认清
造物更是摧毁的工匠。
信仰只一细炷香,
那点子亮再经不起西风
沙沙的隔着梧桐树吹!
如果你忘不掉,忘不掉

那同听过的鸟啼；

同看过的花好，信仰

该在过往的中间安睡。……

秋天的骄傲是果实，

不是萌芽，——生命不容你

不献出你积累的馨芳；

交出受过光热的每一层颜色；

点点沥尽你最难堪的酸怆。

　　　　　　这时候，

切不用哭泣；或是呼唤；

更用不着闭上眼祈祷；

（向着将来的将来空等盼）；

只要低低的，在静里，低下去

已困倦的头来承受，——承受

这叶落了的秋天，

听风扯紧了弦索自歌挽：

这秋，这夜，这惨的变换！

二十二年十一月中旬

（原载于 1933 年 11 月 18 日《大公报·文艺副刊》第 17 期）

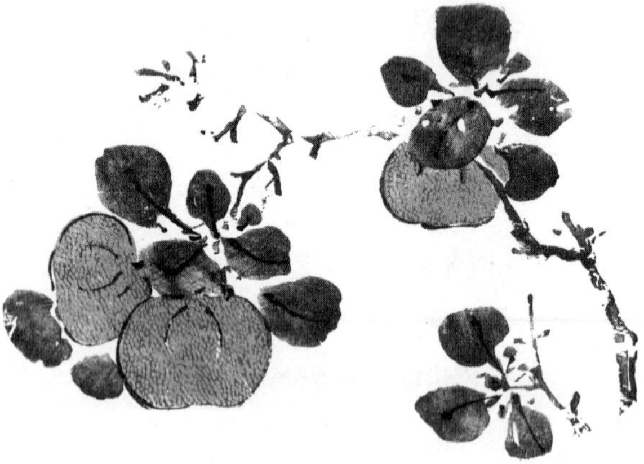

忆

新年等在窗外,一缕香,
枝上刚放出一半朵红。
心在转,你曾说过的
几句话,白鸽似的盘旋。

我不曾忘,也不能忘
那天的天澄清的透蓝,
太阳带点暖,斜照在
每棵树梢头,像凤凰。

是你在笑,仰脸望,
多少勇敢话那天,你我
全说了,——像张风筝

向蓝穹，凭一线力量。

二十二年年岁终

（原载于1934年6月《学文》第1卷第2期）

年　关

那里来，又向那里去，
这不断，不断的行人，
奔波杂沓的，这车马？
红的灯光，绿的紫的，
织成了这可怕，还是
可爱的夜？高的楼影
渺茫天上，都象征些
什么现象？这噪聒中
为什么又凝着这沉静，
这热闹里，会是凄凉？

这是年关，年关，有人

由街头走着,估计着,

孤零的影子斜映着。

一年,又是一年辛苦,

一盘子算珠的艰和难。

日中你敛住气,夜里

你喘,一条街,一条街,

跟着太阳灯光往返,——

人和人,好比水在流,

人是水,两旁楼是山!

一年,一年,

连年里,这穿过城市

胸腑的辛苦,成千万,

成千万人流的血汗,

才会造成了像今夜

这神奇可怕的灿烂!

看,街心里横一道影

灯盏上开着血印的花

夜在凉雾和尘沙中

进展,展进,许多口里

在喘着年关，年关……

二十三年①废历除夕

（原载于1934年2月21日《大公报·文艺副刊》第43期）

---

① 二十三年：民国二十三年，即公元1934年。——编者注

你是人间的四月天

——一句爱的赞颂

我说你是人间的四月天；
笑响点亮了四面风；轻灵
在春的光艳中交舞着变。

你是四月早天里的云烟，
黄昏吹着风的软，星子在
无意中闪，细雨点洒在花前。

那轻，那娉婷，你是，鲜妍
百花的冠冕你戴着，你是
天真，庄严，你是夜夜的月圆。

雪化后那片鹅黄，你像；新鲜

初放芽的绿,你是;柔嫩喜悦
水光浮动着你梦期待中白莲。

你是一树一树的花开,是燕
在梁间呢喃,——你是爱,是暖,
是希望①,你是人间的四月天!

（原载于1934年5月《学文》第1卷第1期）

---

① 作者后将"希望"改作"诗的一篇"。——编者注

吊玮德

玮德,是不是那样,
你觉到乏了,有点儿
不耐烦,
并不为别的缘故
你就走了,
向着那一条路?

玮德你真是聪明;
早早的让花开过了
那顶鲜妍的几朵,
就选个这样春天的清晨,
挥一挥袖
对着晓天的烟霞

走去,轻轻的,轻轻的

背向着我们。

春风似的不再停住!

春风似的吹过,

你却留下

永远的那么一颗

少年人的信心;

少年的微笑

和悦的

洒落在别人的新枝上。

我们骄傲

你这骄傲

但你,玮德,独不惆怅

我们这一片

懦弱的悲伤?

黯淡是这人间

美丽不常走来

你知道。

歌声如果有,也只在

几个唇边旋转!

一层一层尘埃,
凄怆是各样的安排,
即使狂飙不起,狂飙不起,
这远近苍茫,
雾里狼烟,
谁还看见花开!

你走了,
你也走了,
尽走了,再带着去
那些儿馨芳,
那些个嘹亮,
明天再明天,此后
寂寞的平凡中
都让谁来支持?
一星星理想,难道
从此都空挂到天上?

玮德你真是个诗人
你是这般年轻,好像
天方放晓,钟刚敲响……
你却说倦了,有点儿

不耐烦忍心,

一条虹桥由中间拆断;

情愿听杜鹃啼唱,

相信有明月长照,

寒光水底能依稀映成

那一半连环

憬憧中

你诗人的希望!

玮德是不是那样

你觉得乏了,人间的怅惘

你不管;

莲叶上笑着展开

浮烟似的诗人的脚步。

你只相信天外那一条路?

廿四年[①]五月十日,北平

(原载于1935年6月《文艺月刊》第7卷第6期)

---

① 廿四年:民国二十四年,即公元1935年。——编者注

灵　感

是你，是花，是梦，打这儿过，
此刻像风在摇动着我：
告诉日子重叠盘盘的山窝；
清泉潺潺流动转狂放的河；
孤僻林里闲开着鲜妍花，
细香常伴着圆月静天里挂；
且有神仙纷纭的浮出紫烟，
衫裾飘忽映影在山溪前；
给人的理想和理想上
铺香花，叫人心和心合着唱；
直到灵魂舒展成条银河，
长长流在天上一千首歌！

是你，是花，是梦，打这里儿过，
此刻像风，在摇动着我；
告诉日子是这样的不清醒；
当中偏响着想不到的一串铃。
树枝里轻声摇曳；金镶上翠，
低了头的斜阳，又一抹光辉。
难怪阶前人忘掉黄昏，脚下草，
高阁古松，望着天上点骄傲；
留下檀香，木鱼，合掌
在神龛前，在蒲团上，
楼外又楼外，幻想彩霞却缀成
凤凰栏杆，挂起了塔顶上灯！

（据手稿）

二十四年十月，徽因作于北平

城楼上

你说什么?
鸭子,太阳,
城墙下那护城河?
——我?
我在想,
——不是不在听——
想怎样
从前,……
——
对了,
也是秋天!

你也曾去过,
你?那小树林?

还记得么；

山窝，红叶像火？

映影

湖心里倒浸，

那静？

天！……

（今天的多蓝，你看！）

白云，

像一缕烟。

谁又啰嗦？

你爱这里城墙，

古墓，长歌，

蔓草里开野花朵。

好，我不再讲

从前的，单想

我们在古城楼上

今天，——

白鸽，

（你准知道是白鸽？）

飞过面前。

二十四年十月

（原载于 1935 年 11 月 8 日《大公报·文艺副刊》第 39 期）

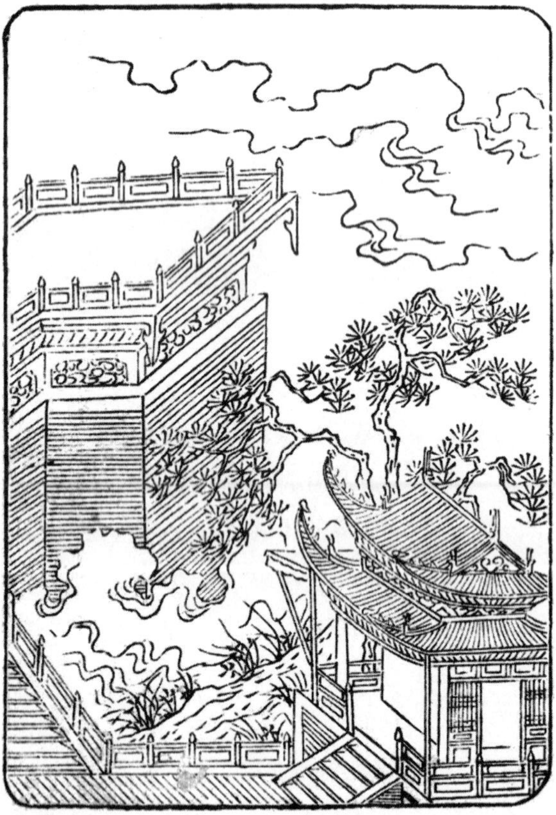

深　笑

是谁笑得那样甜,那样深,
那样圆转?一串一串明珠
大小闪着光亮,迸出天真!
清泉底浮动,泛流到水面上,
　　灿烂,
分散!

是谁笑得好花儿开了一朵?
那样轻盈,不惊起谁。
细香无意中,随着风过,
拂在短墙,丝丝在斜阳前
　　挂着
留恋。

是谁笑成这百层塔高耸，

让不知名鸟雀来盘旋？是谁

笑成这万千个风铃的转动，

从每一层琉璃的檐边

　摇上

云天？

（原载于1936年1月5日《大公报·文艺副刊》）

静　院

你说这院子深深的——
美从不是现成的。
这一掬静,
到了夜,你算,
就需要多少铺张?
月圆了残,叫卖声远了,
隔过老杨柳,一道墙,又转,
初一?凑巧谁又在烧香,……
离离落落的满院子,
不定是神仙走过,
仅是迷惘,像梦,……
窗槛外或者是暗的,

或透那么一点灯火。

这掬静，院子深深的
——有人也叫它做情绪——
情绪，好，你指点看
有不有轻风，轻得那样
没有声响，吹着凉？
黑的屋脊，自己的，人家的，
兽似的背耸着，又像
寂寞在嘶声的喊！
石阶，尽管沉默，你数，
多少层下去，下去，
是不是还得栏杆，斜斜的
双树的影去支撑？

对了，角落里边
还得有人低着头脸。
会忘掉又会记起，——会想，
——那不论——或者是
船去了，一片水，或是
小曲子唱得嘹亮；

或是枝头粉黄一朵,

记不得谁了,又向谁认错!

又是多少年前,——夏夜,

有人说:

"今夜,天,……"(也许是秋夜)

又穿过藤萝,

指着一边,小声的,"你看,

星子真多!"

草上人描着影子;

那样点头,走,

又有人笑,……

静,真的,你可相信

这平铺的一片——

不单是月光,星河,

雪和萤虫也远——

夜,情绪,进展的音乐,

如果慢弹的手指

能轻似蝉翼,

你拆开来看,纷纭,

那玄微的细网

怎样深沉的拢住天地，

又怎样交织成

这细致飘渺的彷徨！

二十五年[①]一月

（原载于1936年4月12日《大公报·文艺副刊》）

---

① 二十五年：民国二十五年，即公元1936年。——编者注

风　筝

看，那一点美丽
会闪到天空！
几片颜色，
挟住双翅，
心，缀一串红。

飘摇，它高高的去，
逍遥在太阳边
太空里闪
一小片脸，
但是不，你别错看了
错看了它的力量，
天地间认得方向！

它只是

轻的一片，

一点子美

像是希望，又像是梦；

一长根丝牵住

天穹，渺茫——

高高推着它舞去，

白云般飞动，

它也猜透了不是自己，

它知道，知道是风！

正月十一日

（原载于1936年2月14日《大公报·文艺副刊》）

记　忆

断续的曲子，最美或最温柔的
夜，带着一天的星。
记忆的梗上，谁不有
两三朵娉婷，披着情绪的花
无名的展开
野荷的香馥，
每一瓣静处的月明。

湖上风吹过，额发乱了，或是
水面皱起像鱼鳞的锦。
四面里的辽阔，如同梦
荡漾着中心彷徨的过往
不着痕迹，谁都

认识那图画,

沉在水底记忆的倒影!

二十五年二月

(原载于1936年3月22日《大公报·文艺副刊》)

无 题

什么时候再能有
那一片静；
溶溶在春风中立着，
面对着山，面对着小河流？

什么时候还能那样
满掬着希望；
披拂新绿，耳语似的诗思，
登上城楼，更听那一声钟响？

什么时候，又什么时候，心
才真能懂得
这时间的距离；山河的年岁；

昨天的静，钟声，

昨天的人

怎样又在今天里划下一道影！

二十五年春四月

（原载于1936年5月3日《大公报·文艺副刊》第138期）

题剔空菩提叶

认得这透明体,
智慧的叶子掉在人间?
消沉,慈静——
那一天一闪冷焰,
一叶无声的坠地,
仅证明了智慧寂寞
孤零的终会死在风前!
昨天又昨天,美
还逃不出时间的威严;
相信这里睡眠着最美丽的
骸骨,一丝魂魄月边留恋,——
……

菩提树下清荫则是去年！

二十五年四月二十三日
（原载于1936年5月17日《大公报·文艺副刊》第146期）

黄昏过泰山

记得那天
心同一条长河,
让黄昏来临,
月一片挂在胸襟。
如同这青黛山,
今天,
心是孤傲的屏障一面;
葱郁,
不忘却晚霞,
苍莽,
却听脚下风起,
来了夜——

(原载于1936年7月19日《大公报·文艺副刊》第182期)

昼　梦

昼梦

垂着纱,

无从追寻那开始的情绪

还未曾开花;

柔韧得像一根

乳白色的茎,缠住

纱帐下;银光

有时映亮,去了又来;

盘盘丝络

一半失落在梦外。

花竟开了,开了;

零落的攒集,

从容的舒展,
一朵,那千百瓣!
抖擞那不可言喻的
刹那情绪,
庄严峰顶——
天上一颗星……
　　晕紫,深赤,
天空外旷碧,
是颜色同颜色浮溢,腾飞……
深沉,
又凝定——
悄然香馥,
袅娜一片静。

昼梦
垂着纱,
无从追踪的情绪
开了花;
四下里香深,
低覆着禅寂,
间或游丝似的摇移,
悠忽一重影;

悲哀或不悲哀

全是无名,

一闪娉婷。

二十五年暑中,北平

(原载于 1936 年 8 月 30 日《大公报·文艺副刊》第 206 期)

空　想（外四章）

终日的企盼企盼正无着落，——
太阳穿窗榠影，种种花样。
暮秋梦远，一首诗似的寂寞，
真怕看光影，花般洒在满墙。

日子悄悄的仅按沉吟的节奏，
尽打动简单曲，像钟摇响。
不是光不流动，花瓣子不点缀时候，
是心漏却忍耐，厌烦了这空想！

你来了

你来了,画里楼阁立在山边,
交响曲,由风到风,草青到天!
阳光投多少个方向,谁管?你,我
如同画里人,掉回头,便就不见!
你来了,花开到深深的深红,
绿萍遮住池塘上一层晓梦,
鸟唱着,树梢交织着枝柯,——白云
却是我们,悠忽翻过几重天空![1]

一九三四

---

[1] 最后两句另有版本为:
　　鸟唱着,树梢头织起细细枝柯——白云
　　却是我们,翻过好几重天空!
　　　　　　　　　　　　——编者注

"九·一八"闲走

天上今早盖着两层灰，
地上一堆黄叶在徘徊；
惘惘的是我跟着凉风转，
荒街小巷，蛇鼠般追随！

我问秋天，秋天似也疑问我：
在这尘沙中又挣扎些什么，
黄雾扼住天的喉咙，
处处仅剩情绪的残破？

但我不信热血不仍在沸腾，
思想不仍铺在街上多少层；
甘心让来往车马狠命的轧压，
待从地面开花，另来一种完整。

（据手稿）

藤花前
　　——独过静心斋

紫藤花开了
轻轻的放着香,
没有人知道……

紫藤花开了
轻轻的放着香,
没有人知道。
楼不管,曲廊不作声,
蓝天里白云行去,
池子一脉静;
水面散着浮萍,
水底下挂着倒影。

紫藤花开了
没有人知道!
蓝天里白云行去,
小院,

无意中我走到花前。
轻香，风吹过
花心，
风吹过我，——
望着无语，紫色点。

旅途中

我卷起一个包袱走，
过一个山坡子松，
又走过一个小庙门，
在早晨最早的一阵风中。
我心里没有埋怨，人或是神；
天底下的烦恼，连我的
拢总，
像已交给谁去，……

前面天空。
山中水那样清，
山前桥那么白净，——
我不知道造物者认不认得

自己图画；

乡下人的笠帽，草鞋，

乡下人的性情。

　　　　　暑中在山东乡间步行，二十五年夏

　　　（原载于1936年12月《新诗》第3期）

八月的忧愁

黄水塘里游着白鸭,
高粱梗油青的刚高过头,
这跳动的心怎样安插,
田里一窄条路,八月里这忧愁?

天是昨夜雨洗过的,山岗
照着太阳又留一片影;
羊跟着放羊的转进村庄,
一大棵树荫下罩着井,又像是心!

从没有人说过八月甚么话,
夏天过去了,也不到秋天。
但我望着田垄,土墙上的瓜,

仍不明白生活同梦怎样底连牵。

二十五年夏末

（原载于 1936 年 9 月 30 日《大公报·文艺副刊》第 224 期）

冥 思

心此刻同沙漠一样平，①
思想像孤独的一个阿拉伯人；
仰脸孤独的向天际望
落日远边奇异的霞光，
安静的，又侧个耳朵听
远处一串骆驼的归铃。

在这白色的周遭中，
一切像凝冻的雕形不动：
白袍，腰刀，长长的头巾，
浪似的云天，沙漠上风！

---

① 此句作者后来改为"此刻胸前同沙漠一样平"。——编者注

偶有一点子振荡闪过天线，

残霞边一颗星子出现。

二十五年夏末

（原载于 1936 年 12 月 13 日《大公报·文艺副刊》第 265 期）

过杨柳

反复底在敲问心同心,
彩霞片片已烧成灰烬,
街的一头到另一条路,
同是个黄昏扑进尘土。

愁闷压住所有的新鲜,
奇怪街边此刻还看见,
混沌中浮出光妍的纷纠,
死色楼前垂一棵杨柳!

廿五年十月

(原载于1936年11月1日《大公报·文艺副刊》第241期)

山　中

紫色山头抱住红叶,将自己影射在山前,
人在小石桥上走过,渺小的追一点子想念。
高峰外云在深蓝天里镶白银色的光转,
用不着桥下黄叶,人在泉边,才记起夏天!

也不因一个人孤独的走路,路更蜿蜒,
短白墙房舍像画,仍画在山坳另一面,
只这丹红叶叶替代人记忆失落的层翠,
深浅围抱这同一个山头,惆怅如薄层烟。

山中斜长条青影,如今红萝乱在四面,
百万落叶火焰在寻觅山石荆草边,
当时黄月下共坐天真的青年人情话,相信

那三两句长短，星子般仍挂秋风里不变。

廿五年秋

（原载于1937年1月29日《大公报·文艺副刊》第292期）

静　坐

冬有冬的来意,
寒冷像花,——
花有花香,冬有回忆一把。
一条枯枝影,青烟色的瘦细,
在午后的窗前拖过一笔画;
寒里日光淡了,渐斜……
就是那样底
像待客人说话
我在静沉中默啜着茶。

二十五年冬十一月

(原载于1937年1月31日《大公报·文艺副刊》第293期)

红叶里的信念

年年不是要看西山的红叶,
谁敢看西山红叶?不是
要听异样的鸟鸣,停在
那一个静幽的树枝头,
是脚步不能自已的走——
走,迈向理想的山坳子
寻觅从未曾寻着的梦:
一茎梦里的花,一种香,
斜阳四处挂着,风吹动,
转过白云,小小一角高楼。

钟声已在脚下,松同松
并立着等候,山野已然

百般渲染豪侈的深秋。
梦在那里，你的一缕笑，
一句话，在云浪中寻遍
不知落到那一处？流水已经
渐渐的清寒，载着落叶
穿过空的石桥，白栏杆，
叫人不忍再看，红叶去年
同踏过的脚迹火一般。

好，抬头，这是高处，心卷起
随着那白云浮过苍茫，
别计算在那里驻脚，去，
相信千里外还有霞光，
像希望，记得那烟霞颜色，
就不为编织美丽的明天，
为此刻空的歌唱，空的
凄恻，空的缠绵，也该放
多一点勇敢，不怕连牵
斑驳金银般旧积的创伤！

再看红叶每年，山重复的
流血，山林，石头的心胸

从不倚借梦支撑，夜夜
风像利刃削过大土壤，
天亮时沉默焦灼的唇，
忍耐的仍向天蓝，呼唤
瓜果风霜中完成，呈光彩，
自己山头流血，变坟台！
平静，我的脚步，慢点儿去，
别相信谁曾安排下梦来！

一路上枯枝，鸟不曾唱，
小野草香风早不是春天。
停下！停下！风同云，水同
水藻全叫住我，说梦在
背后，蝴蝶秋千理想的
山坳同这当前现实的
石头子路还缺个牵连！
愈是山中奇妍的黄月光
挂出树尖，愈得相信梦，
梦里斜晖一茎花是谎！

但心不信！空虚的骄傲
秋风中旋转，心仍叫喊

理想的爱和美，同白云
角逐；同斜阳笑吻；同树，
同花，同香，乃至同秋虫
石隙中悲鸣，要携手去；
同奔跃嬉游水面的青蛙，
盲目的再去寻盲目日子，——
要现实的热情另涂图画，
要把满山红叶采作花！

这萧萧瑟瑟不断的鸣咽，
掠过耳鬓也还卷着温存，
影子在秋光中摇曳，心再
不信光影外有串疑问！
心仍不信，只因是午后，
那片竹林子阳光穿过
照暖了石头，赤红小山坡，
影子长长两条，你同我
曾经参差那亭子石路前，
浅碧波光老树干旁边！

生命中的谎再不能比这把
颜色更鲜艳！记得那一片

黄金天，珊瑚般玲珑叶子
秋风里挂，即使自己感觉
内心流血，又怎样个说话？
谁能问这美丽的后面
是什么？赌博时，眼闪亮，
从不悔那猛上孤注的力量；
都说任何苦痛去换任何一分，
一毫，一个纤微的理想！

所以脚步此刻仍在迈进，
不能自已，不能停！虽然山中
一万种颜色，一万次的变，
各种寂寞已环抱着孤影；
热的减成微温，温的又冷，
焦黄叶压踏在脚下碎裂，
残酷地散排昨天的细屑，
心却仍不问脚步为甚固执，
那寻不着的梦中路线，——
仍依恋指不出方向的一边！

西山，我发誓底，指着西山，
别忘记，今天你，我，红叶，

连成这一片血色的伤怆！
知道我的日子仅是匆促的
几天，如果明年你同红叶
再红成火焰，我却不见，……
深紫，你山头须要多添
一缕抑郁热情的象征，
记下我曾为这山中红叶，
今天流血地存一堆信念！

（原载于 1937 年 1 月《新诗》第 4 期）

十月独行

像个灵魂失落在街边,
我望着十月天上十月的脸,
我向雾里黑影上涂热情
悄悄的看一团流动的月圆。

我也看人流着流着过去,来回
黑影中冲着波浪翻星点
我数桥上栏杆龙样头尾
像坐一条寂寞船,自己拉纤。

我像哭,像自语,我更自己抱歉!
自己焦心,同情,一把心紧似琴弦,——
我说哑的,哑的琴我知道,一出曲子

未唱,幻望的手指终未来在上面?

(原载于1937年3月7日《大公报·文艺副刊》第307期)

时　间

人间的季候永远不断在转变
春时你留下多处残红，翩然辞别，
本不想回来时同谁叹息秋天！

现在连秋云黄叶又已失落去
辽远里，剩下灰色的长空一片
透彻的寂寞，你忍听冷风独语？

（原载于1937年3月14日《大公报·文艺副刊》第310期）

古城春景

时代把握不住时代自己的烦恼，——
轻率的不满，就不叫它这时代牢骚——
偏又流成愤怨，聚一堆黑色的浓烟
喷出烟囱，那矗立的新观念，在古城楼对面！

怪得这嫩灰色一片，带疑问的春天
要泥黄色风沙，顺着白洋灰街沿，
再低着头去寻觅那已失落了的浪漫
到蓝布棉帘子，万字栏杆，仍上老店铺门槛？

寻去，不必有新奇的新发现，旧有保障
即使古老些，需要翡翠色甘蔗做拐杖
来支撑城墙下小果摊，那红鲜的冰糖葫芦

仍然光耀，串串如同旧珊瑚，还不怕新时代的尘土。

二十六年①春，北平

（原载于1937年4月《新诗》第2卷第4期）

---

① 二十六年：民国二十六年，即公元1937年。——编者注

前　后

河上不沉默的船
载着人过去了；
桥——三环洞的桥基，
上面再添了足迹；
早晨，
早又到了黄昏，
这赓续
绵长的路……

不能问谁
想望的终点，——
没有终点
这前面。

背后，

历史是片累赘！

（原载于1937年5月16日《大公报·文艺副刊》第336期）

去 春

不过是去年的春天,花香,
红白的相间着一条小曲径,
在今天这苍白的下午,再一次登山
回头看,小山前一片松风
就吹成长长的距离,在自己身旁。

人去时,孔雀绿的园门,白丁香花,
相伴着动人的细致,在此时,
又一次湖冰将解的季候,已全变了画。
时间里悬挂,迎面阳光不来,
就是来了也是斜抹一行沉寂记忆,树下。

(原载于1937年8月《文学杂志》第1卷第4期)

除夕看花

新从嘈杂着异乡口调的花市上买来,
碧桃雪白的长枝,同红血般的山茶花。
着自己小角隅再用精致鲜艳来结采,
不为着锐的伤感,仅是钝的还有剩余下!

明知道房里的静定,像弄错了季节,
气氛中故乡失得更远些,时间倒着悬挂;
过年也不像过年,看出灯笼在燃烧着点点血,
帘垂花下已记不起旧时热情、旧日的话。

如果心头再旋转着熟识旧时的芳菲,
模糊如条小径越过无数道篱笆,
纷纭的花叶枝条,草看弄得人昏迷,

今日的脚步，再不甘重踏上前时的泥沙。

月色已冻住，指着各处山头，河水更零乱，
关心的是马蹄平原上辛苦，无响在刻画，
除夕的花已不是花，仅一句言语梗在这里，
抖战着千万人的忧患，每个心头上牵挂。

（原载于1939年6月28日《大公报·文艺副刊》，署名灰因）

哭三弟恒

——三十年①空战阵亡

弟弟,我没有适合时代的语言
来哀悼你的死;
它是时代向你的要求,
简单的,你给了。
这冷酷简单的壮烈是时代的诗
这沉默的光荣是你。

假使在这不可免的真实上
多给了悲哀,我想呼喊,
那是——你自己也明了——
因为你走得太早,

---

① 三十年:民国三十年,即公元1941年。——编者注

太早了,弟弟,难为你的勇敢,
机械的落伍,你的机会太惨!

三年了,你阵亡在成都上空,
这三年的时间所做成的不同,
如果我向你说来,你别悲伤,
因为多半不是我们老国,
而是他人在时代中辗动,
我们灵魂流血,炸成了窟窿。

我们已有了盟友、物资同军火,
正是你所曾经希望过。
我记得,记得当时我怎样同你
讨论又讨论,点算又点算,
每一天你是那样耐性的等着,
每天却空的过去,慢得像骆驼!

现在驱逐机已非当日你最想望
驾驶的"老鹰式七五"那样——
那样笨,那样慢,啊,弟弟不要伤心,
你已做到你们所能做的,
别说是谁误了你,是时代无法衡量,

中国还要上前,黑夜在等天亮。

弟弟,我已用这许多不美丽言语
算是诗来追悼你,
要相信我的心多苦,喉咙多哑,
你永不会回来了,我知道,
青年的热血做了科学的代替;
中国的悲怆永沉在我的心底。

啊,你别难过,难过了我给不出安慰。
我曾每日那样想过了几回:
你已给了你所有的,同你去的弟兄
也是一样,献出你们的生命;
已有的年轻一切;将来还有的机会,
可能的壮年工作,老年的智慧;

可能的情爱,家庭,儿女,及那所有
生的权利,喜悦;及生的纠纷!
你们给的真多,都为了谁?你相信
今后中国多少人的幸福要在
你的前头,比自己要紧;那不朽
中国的历史,还需要在世上永久。

你相信，你也做了，最后一切你交出。
我既完全明白了，为何我还为着你哭？
只因你是个孩子却没有留什么给自己，
小时我盼着你的幸福，战时你的安全，
今天你没有儿女牵挂需要抚恤同安慰，
而万千国人像已忘掉，你死是为了谁！

三十三年①，李庄
（原载于1948年5月《文学杂志》第2卷第12期）

---

① 三十三年：民国三十三年，即公元1944年。——编者注

孤　岛

遥望它是充满画意的山峰，
远立在河心里高傲的凌耸，
可怜它只是不幸的孤岛，——天然没有埂堤，
人工没搭座虹桥。

他同他的映影永为周围水的囚犯；
陆地于它，是达不到的希望！
早晚寂寞它常将小舟挽住，
风雨时节任江雾把自己隐去。

晴天它挺着小塔，玲珑独对云心；
盘盘石阶，由钟声松林中，超出安静。
特殊的轮廓它苦心孤诣做成，

漠漠大地又那里去找一点同情？

（原载于 1947 年 1 月 4 日《益世报·文学周刊》第 22 期）

诗（三首）

给秋天

正与生命里一切相同，
我们爱得太是匆匆；
好像只是昨天，
你还在我的窗前！

笑脸向着晴空
你的林叶笑声里染红
你把黄光当金子般散开
稚气，豪侈，你没有悲哀。

你的红叶是亲切的牵绊，那零乱

每早必来缠住我的晨光。
我也吻你,不顾你的背影隔过玻璃窗!
你常淘气的闪过,却不对我忸怩。

可是我爱得多么疯狂,
竟未觉察凄厉的夜晚
已在你背后尾随,——
等候着把你残忍的摧毁!

一夜呼号的风声
果然没有把我惊醒
等到太晚的那个早晨
啊。天!你已经不见了踪影。

我苛刻的咒诅自己
但现在有谁走过这里,
除却严冬铁样长脸
阴霾中,偶然一见。

人　生

人生，
你是一支曲子，
我是歌唱的；

你是河流
我是条船，一片小白帆
我是个行旅者的时候，
你，田野，山林，峰峦。

无论怎样，
颠倒密切中牵连着
你和我，
我永从你中间经过；

我生存，
你是我生存的河道，
理由同力量。
你的存在

则是我胸前心跳里

五色的绚彩

但我们彼此交错

并未彼此留难。

……

现在我死了，

你，——

我把你再交给他人负担！

展　缓

当所有的情感

都并入一股哀怨

如小河，大河，汇向着

无边的大海，——不论

怎么冲击，怎样盘旋，——

那河上劲风，大小石卵，

所做成的几处逆流。

小小港湾，就如同

那生命中，无意的宁静

避开了主流；情绪的

平波越出了悲愁。

停吧，这奔驰的血液；
它们不必全然废弛的
都去造成眼泪。
不妨多几次辗转，溯回流水，
任凭眼前这一切撩乱，
这所有，去建筑逻辑。
把绝望的结论，稍稍
迟缓，拖延时间，——
拖延理智的判断，——
会再给纯情感一种希望！

（原载于1947年5月4日《大公报·星期文艺副刊》第30期）

桥

　　他的使命：
　　　　南北两岸莽莽两条路的携手；
　　他的完成
　　　　不挡江月东西，船只上下的交流；
　　他的肩背
　　　　坚定的让脚步上面经过，找各人的路去；
　　他的胸怀，
　　　　虚空的环洞，不把江心洪流堵住。

　　他是座桥：
　　　　一条大胆的横梁，立脚于茫茫水面；
　　一堆泥石，
　　　　辛苦堆积或造形的完美，在自然上边；

一掬理智,
　　适应无数的神奇,支持立体的纪念;
一次人工,
　　矫正了造化的疏忽,将隔绝的重新牵连!

他是座桥,
　　看那平衡两排如同静思的栏杆;
他的力量,
　　两座桥墩下,多粗壮的石头镶嵌;
他的忍耐,
　　容每道车辙刻入脚印已磨光的石板;
他的安闲,
　　岁月增进,让钓翁野草随在身旁。

他的美丽,
　　如同山月的锁钥,正见出人类匠心;
他的心灵,
　　浸入寒波,在一钩倒影里续成圆形。
他的存在,
　　却不为嬉戏的闲情——而为责任;

他的理想，

　　该寄给人生的行旅者一种虔诚。

三十六年[①]六月

（原载于1948年8月2日《益世报·文学周刊》第103期）

[①] 三十六年：民国三十六年，即公元1947年。——编者注

我们的雄鸡

    我们的雄鸡从没有以为
      自己是孔雀
    自信他们鸡冠已够他
      仰着头漫步——
    一个院子他绕上了一遍
      仪表风姿
    都在群雌的面前！

    我们的雄鸡从没有以为
      自己是首领
    晓色里他只扬起他的呼声
      这呼声叫醒了别人
    他经济地保留这种叫喊

（保留那规则）

于是便象征了时间！

　　　　　　一九四八年二月十八日，清华

六点钟在下午

用什么来点缀
六点钟在下午?
六点钟在下午
点缀在你生命中,
仅有仿佛的灯光,
褪败的夕阳,窗外
一张落叶在旋转!

用什么来陪伴
六点钟在下午?
六点钟在下午
陪伴着你在暮色里闲坐,
等光走了,影子变换,

一支烟,为小雨点

继续着,无所盼望!

(原载于1948年2月22日《经世日报·文艺周刊》第58期)

昆明即景

一　茶铺

这是立体的构画,
　　描在这里许多样脸
在顺城脚的茶铺里
　　隐隐起喧腾声一片。

各种的姿势,生活
　　刻划着不同方面:
茶座上全坐满了,笑的,
　　皱眉的,有的抽着旱烟。

老的,慈祥的面纹,

年轻的，灵活的眼睛，
都暂要时间茶杯上
　停住，不再去扰乱心情！

一天一整串辛苦，
　此刻才赚回小把安静，
夜晚回家，还有远路，
　白天，谁有工夫闲看云影？

不都为着真的口渴，
　四面窗开着，喝茶，
跷起膝盖的是疲乏，
　赤着臂膀好同乡邻闲话。

也为了放下扁担同肩背
　向运命喘息，倚着墙，
每晚靠这一碗茶的生趣
　幽默估量生的短长……

这是立体的构画，
　设色在小生活旁边，
荫凉南瓜棚下茶铺，
　热闹照样的又过了一天！

二　小楼

张大爹临街的矮楼，

半藏着，半挺着，立在街头，

瓦覆着它，窗开一条缝，

夕阳染红它，如写下古远的梦。

矮檐上长点草，也结过小瓜，

破石子路在楼前，无人种花，

是老坛子，瓦罐，大小的相伴；

尘垢列出许多风趣的零乱。

但张大爹走过，不吟咏它好；

大爹自己（上年纪了）不相信古老。

他拐着杖常到隔壁沽酒，

宁愿过桥，土堤去看新柳！

（原载于 1948 年 2 月 22 日《经世日报·文艺周刊》第 58 期）

一串疯话

好比这树丁香，几枝山红杏，
相信我的心里留着有一串话，
绕着许多叶子，青青的沉静，
风露日夜，只盼五月来开开花！

如果你是五月，八百里为我吹开
蓝空上霞彩，那样子来了春天，
忘掉腼腆，我定要转过脸来，
把一串疯话全说在你的面前！

（原载于1948年2月22日《经世日报·文艺周刊》第58期）

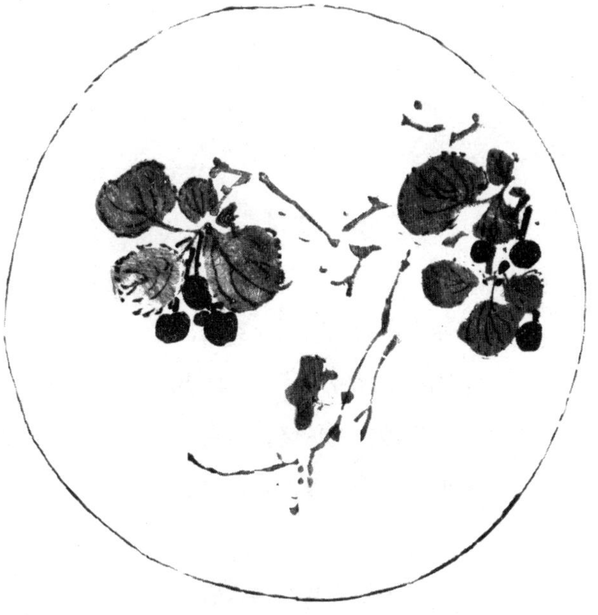

病中杂诗（九首）

小　诗（一）

感谢生命的讽刺嘲弄着我，
会唱的喉咙哑成了无言的歌。
一片轻纱似的情绪，本是空灵，
现时上面全打着拙笨补钉。

肩头上先是挑起两担云彩，
带着光辉要在从容天空里安排；
如今黑压压沉下现实的真相，
灵魂同饥饿的脊梁将一起压断！

我不敢问生命现在人该当如何

喘气！经验已如旧鞋底的穿破，
这纷歧道路上，石子和泥土模糊，
还是赤脚方便，去认取新的辛苦。

小　诗（二）

小蚌壳里有所有的颜色；
整一条虹藏在里面。
绚彩的存在是他的秘密，
外面没有夕阳，也不见雨点。

黑夜天空上只一片渺茫；
整宇宙星斗那里闪亮，
远距离光明如无边海面，
是每小粒晶莹，给了你方向。

恶劣的心绪

我病中，这样缠住忧虑和烦扰，
好像西北冷风，从沙漠荒原吹起，

逐步吹入黄昏街头巷尾的垃圾堆；
在霉腐的琐屑里寻讨安慰，
自己在万物消耗以后的残骸中惊骇，
又一点一点给别人扬起可怕的尘埃！

吹散记忆正如陈旧的报纸飘在各处彷徨，
破碎支离的记录只颠倒提示过去的骚乱。
多余的理性还像一只饥饿的野狗
那样追着空罐同肉骨，自己寂寞的追着
咬嚼人类的感伤；生活是什么都还说不上来，
摆在眼前的已是这许多渣滓！

我希望：风停了；今晚情绪能像一场小雪，
沉默的白色轻轻降落地上；
雪花每片对自己和他人都带一星耐性的仁慈，
一层一层把恶劣残破和痛苦的一起掩藏；
在美丽明早的晨光下，焦心暂不必再有，——
绝望要来时，索性是雪后残酷的寒流！

三十六年十二月，病中动手术前

写给我的大姊

当我去了，还有没说完的话，
好像客人去后杯里留下的茶；
说的时候，同喝的机会，都已错过，
主客黯然，可不必再去惋惜它。
如果有点感伤，你把脸掉向窗外，
落日将尽时，西天上，总还留有晚霞。

一切小小的留恋算不得罪过，
将尽未尽的衷曲也是常情。
你原谅我有一堆心绪上的闪躲，
黄昏时承认的，否认等不到天明；
有些话自己也还不曾说透，
他人的了解是来自直觉的会心。

当我去了，还有没说完的话，
像钟敲过后，时间在悬空里暂挂，
你有理由等待更美好的继续；
对忽然的终止，你有理由惧怕。

但原谅吧,我的话语永远不能完全,
亘古到今情感的矛盾做成了嘶哑。

一 天

今天十二个钟头,
是我十二个客人,
每一个来了,又走了,
最后夕阳拖着影子也走了!
我没有时间盘问我自己胸怀,
黄昏却蹑着脚,好奇的偷着进来!
我说:朋友,这次我可不对你诉说啊,
每次说了,伤我一点骄傲。
黄昏黯然,无言的走开,
孤单的,沉默的,我投入夜的怀抱!

三十一年①春,李庄

---

① 三十一年:民国三十一年,即公元 1942 年。——编者注

对残枝

梅花你这些残了后的枝条，
是你无法诉说的哀愁！
今晚这一阵雨点落过以后，
我关上窗子又要同你分手。

但我幻想夜色安慰你伤心，
下弦月照白了你，最是同情，
我睡了，我的诗记下你的温柔，
你不妨安心放芽去做成绿荫。

对北门街园子

别说你寂寞；大树拱立，
草花烂漫，一个园子永远
睡着；没有脚步的走响。

你树梢盘着飞鸟，每早云天

吻你额前，每晚你留下对话
正是西山最好的夕阳。

十一月的小村

我想象我在轻轻的独语：
十一月的小村外是怎样个去处？
是这渺茫江边淡泊的天；
是这映红了的叶子疏疏隔着雾；
是乡愁，是这许多说不出的寂寞；
还是这条独自转折来去的山路？
是村子迷惘了，绕出一丝丝青烟；
是那白沙一片篁竹围着的茅屋？
是枯柴爆裂着灶火的声响，
是童子缩颈落叶林中的歌唱？
是老农随着耕牛，远远过去，
还是那坡边零落在吃草的牛羊？
是什么做成这十一月的心，
十一月的灵魂又是谁的病？
山坳子叫我立住的仅是一面黄土墙；
下午透过云霾那点子太阳！

一棵野藤绊住一角老墙头,斜睨
两根青石架起的大门,倒在路旁
无论我坐着,我又走开,
我都一样心跳;我的心前
虽然烦乱,总像绕着许多云彩,
但寂寂一湾水田,这几处荒坟,
它们永说不清谁是这一切主宰
我折一根柱枝,看下午最长的日影
要等待十一月的回答微风中吹来。

三十三年初冬,李庄

忧　郁

忧郁自然不是你的朋友;
但也不是你的敌人,你对他不能冤屈!
他是你强硬的债主,你呢?是
把自己灵魂压给他的赌徒。

你曾那样拿理想赌博,不幸
你输了;放下精神最后保留的田产,

最有价值的衣裳，然后一切你都
赔上，连自己的情绪和信仰，那不是自然？

你的债权人他是，那么，别尽问他脸貌
到底怎样！呀天，你如果一定要看清
今晚这里有盏小灯，灯下你无妨同他
面对面，你是这样的绝望，他是这样无情！

（原载于1948年5月《文学杂志》第2卷第12期）

古城黄昏

我见到古城在斜阳中凝神；
城楼望着城楼，
忘却中间一片黄金的殿顶；
十条闹街还散在脚下，
虫蚁一样有无数行人。

我见到古城在黄昏中凝神；
乌鸦噪聒的飞旋，
废苑古柏在困倦中支撑。
无数坛庙寂寞与荒凉，
锁起一座一座剥落的殿门。

我听到古城在薄暮中独语：

僧寺消寂，熄了香火；

钟声沉下，市声里失去；

车马不断扬起年代的尘土，

到处风沙叹息着历史。

（原载于 1948 年 8 月 2 日《益世报·文学周刊》第 103 期）

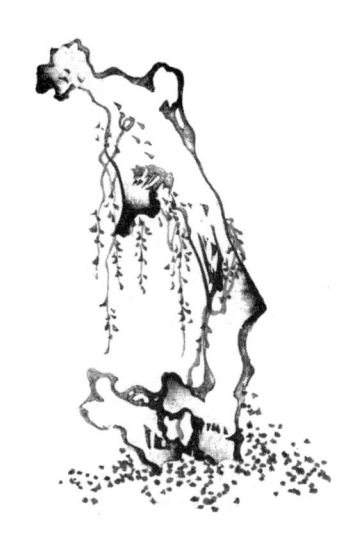

剧本

为了这新角度，我们的世界，乃至于宇宙，忽然扩大了，变成许多世界，许多宇宙。

梅真同他们（四幕剧，未完成）

> 梅蕊触人意，冒寒开雪花。
> 遥怜水风晚，片片点汀沙。

——黄山谷《题梅》

第一幕

出台人物 （按出台先后）

四十多岁的李太太（已寡） 李琼

四小姐　李琼女　李文琪

梅　真　李家丫头

荣　升　仆人

唐元澜　从国外回来年较长的留学生

大小姐　（李前妻所出，非李琼女）李文娟

张爱珠　文娟女友

黄仲维　研究史学喜绘画的青年

地　　点　三小姐、四小姐共用的书房

时　　间　最近的一个冬天寒假里

这三间比较精致的厢房妈妈已经给了女孩子们做书房（三个女孩中已有一个从大学里毕了业，那两个尚在二年级的兴头上）。这房里一切器具虽都是家里书房中旧有的，将就底给孩子们排设，可是不知从书桌的那一处，书架上，椅子上，睡榻上，乃至于地板上，都显然的透露出青年女生宿舍的气氛。现在房里仅有妈妈同文琪两人（文琪寻常被称做"老四"，三姊文霞，大姊文娟都不在家），妈妈（李琼）就显然不属于这间屋子的！她是那么雅素整齐，端正底坐在一张直背椅子上看信，很秀气一副花眼眼镜架在她那四十多岁的脸上。"老四"文琪躺在小沙发上看书，那种特殊的蜷曲姿势，就表示她是这里真实的主人毫无疑问！她的眼直楞楞的望着书，自然底，甜蜜底同周围空气合成一片年青的享乐时光。时间正在寒假的一个下午里，屋子里斜斜还有点太阳，有一盆水仙花，有火炉，有柚子，有橘子，吃过一半的同整个的全有。

妈妈看完信，立起来向周围望望，眼光抚爱底停留在"老四"的身上，好一会儿，才走过去到另一张半榻前翻检那上面所放着的各种活计编织物。老四楞楞的看书连翻过几篇书页，又回头望下念。毫未注意到妈妈的行动。

李　琼　大年下里，你们几个人用不着把房子弄得这么乱呀！（手里提起半榻上的编织物，又放下）

文　琪　（由沙发上半起仰头看看又躺下）那是大姊同三姊的东西，一会儿我起来收拾得了。

李　琼　（慈爱的抿着嘴笑）得了老四，大约我到吃晚饭时候进来，你也还是这样躺着看书！

文　琪　（毫不客气的）也许吧！（仍看书）

李　琼　（仍是无可奈何的笑笑，要走出门又回头）噢，我忘了，二哥信里说，他要在天津住一天，后天早上到家。（稍停）你们是后天晚上请客吧？

文　琪　后天？噢，对了，后天，（忽然将书合右胸上稍稍起来一点儿）二哥说那一天到？

李　琼　他说后天早上。

文　琪　那行了——更好，其实，就说是为他请客，要他高兴一点儿。

李　琼　二哥说他做了半年的事，人已经变得大人气许多，他还许嫌你们太疯呢！（暗中为最爱的儿子骄傲）

文　琪　不会，我找了许多他的老同学，还……还请了璨璨，妈妈记得他是不是有点儿喜欢璨璨？

李　琼　我可不知道，你们的事，谁喜欢谁，谁来告诉妈呀？我告诉你，你们请客要什么东西，早点儿告诉我，厨子荣升都靠不住的，你尽管孩子气，临时又该着急了。

文　琪　大姊说她管。

李　琼　大姊？她从来刚顾得了自己，并且这几天唐元澜回来了，他们的事真有点儿……（忽然凝思不语，另改了一句话）反正你别太放心了，有事还是早点儿告诉我好，凡是我能帮忙的我都可以来。

文　琪　（快活底，感激底由沙发上跳起来仍坐在沙发边沿眼望着妈）真的？妈妈！（撒娇底）妈妈，真的？（把书也扔在一旁）

李　琼　怎么不信？

文　琪　信，信，妈妈！（起来扑在妈妈右肩，半推着妈妈走几步）

李　琼　（同时的）这么大了还撒娇！

文　琪　妈妈（再以央求的口气）妈妈……

李　琼　（被老四扯得要倒，挣扎着维持均衡）什么事？好好的说呀！

文　琪　我们可以不可以借你的那一套好桌布用？

李　琼　（犹豫）那块黄边挑花的？

文　琪　爹买给你的那块。

李　琼　（戏拨老四脸）亏你记得真！爹过去了这五年，那桌布就算是纪念品了。好吧，我借给你们用。（感伤向老四）今

　　　　年爹生忌你提另买把花来孝敬爹。

文　琪　（自然底）好吧，我再提另买盒糖送你，（逗妈的口气）不沾牙的！

李　琼　（哀愁底微笑，将出又回头）还有一桩事，我要告诉你。你别看梅真是个丫头，那孩子很有出息，又聪明又能干，你叫她多帮点儿你的忙……你知道大伯嬷老挑那孩子不是，大姊又常磨她，同她闹，我实在不好说……我很同情梅真，可是就为得大姊不是我生的，许多地方我就很难办！

文　琪　妈妈放心好了，梅真对我再痛快没有的了。

　　（李琼下，文琪又跳回沙发上伸个大懒腰，重新楞生生的瞪着眼看书。小门轻轻的开了，进来的梅真约摸在十九至廿一岁中间，丰满不瘦，个子并不大，娇憨天生，脸上处处是活泼的表情，尤其是一双伶俐的眼睛顶叫人喜欢。）

梅　真　（把长袍的罩布褂子前襟翻上，里面兜着一堆花生，急促底）四小姐！四小姐！

文　琪　（正在翻书，不理会）……

梅　真　李文琪！

文　琪　（转脸）梅真！什么事这样慌慌张张的？

梅　真　我——我——（气喘底）我在对过陈太太那儿斗纸牌，斗赢了一大把落花生几只柿子！（把柿子摇晃着放书架上）

文　琪　好，你又斗牌，一会儿大小姐回来，我给你"告"去。

梅　真　（顽皮的捧着衣襟到沙发前）你闻这花生多香，你要告去，我回房里一个人吃去。（要走）

文　琪　哎，别走，别走，坐在这里剥给我吃。（仍要看书）

梅　真　书呆子倒真会享福！你还得再给我一点儿赌本，回头我还想掷"骰子"去呢……陈家老姨太太来了，人家过年挺热闹的。

文　琪　这坏丫头，什么坏的你都得学会了才痛快，谁有对门陈家那么老古董呀……

梅　真　（高兴底笑）谁都像你们小姐们这样向上？（扯过一张小凳子坐下）反正人家觉得做丫头的没有一个好的，大老爷昨天不还在饭桌上说我坏么？我不早点儿学一些坏，反倒给人家不方便！（剥花生）

文　琪　梅真，你这只嘴太快，难怪大小姐不喜欢你！（仍看书）

梅　真　（递花生到文琪嘴里）这两天大小姐自己心里不高兴，可把我给磨死了！我又不敢响，就怕大太太听见又给大老爷告嘴，叫你妈妈为难。

文　琪　（把书撇下坐起一点儿）对了，这两天大姊真不高兴！你说，梅真，唐家元哥那人脾气古怪不古怪？……我看大姊好像对他顶失望的（伸手同梅真要花生）……给我两个我自己剥吧……大姊是虚荣心顶大的人……（吃花生，梅真低头也在剥花生）唐家元哥可好像什么都满不在乎……（又吃花生）……到底，我也没有弄明白当时元哥同大姊，是不是已算是订过婚，这阵子两人就都蹩纽着！我算元哥在外国就有六年，谁知道他有没有人！（稍停）大姊的事你知道，她那小严就闹够了一阵，现在这小陆，还不是老追着她！我真纳闷！

梅　真　我记得大小姐同唐先生好像并没有正式的订婚，可是差不多也就算是了，你知道当时那些办法古里古怪的……（吃花生）噢，我记起来了，起先是唐先生的姨嬷——刘姑太太——来同大太太讲，那时唐先生自己早动身走了。刘姑太太说是没有关系，事情由她做主，（嚼着花生顽皮的）后来刘姑许是知道了她做不了主吧，就没有再提起，可是你的大伯伯那脾气，就咬定了这个事……

文　琪　现在我看他们真蹩纽，大姊也不高兴，唐家元哥那不说话的劲儿更叫人摸不着头儿！

梅　真　你操心人家这许多事干吗？

文　琪　（好笑的）我才没有操心大姊的事呢，我只觉得有点儿蹩纽！

梅　真　反正婚姻的事多少总是蹩纽的！

文　琪　那也不见得。

梅　真　（凝思无言仍吃花生）我希望赶明儿你的不蹩纽。

文　琪　（起立到炉边看看火把花生皮掷入）你看大姊那位好朋友张爱珠，特别不特别，这几天又尽在这里扭来扭去的，打听二哥的事儿！

梅　真　（仍捧着衣襟也起立）让她打听好了！她那眯着眼睛，扭劲儿的！

文　琪　（提着火筷指梅真）你又淘气了！（忽然放下火筷走过来小圆桌边）梅真，我有正经事同你商量。

梅　真　可了不得，什么正经事？别是你的终身大事吧？（把花生由襟上倒在桌面上）

文　琪　别捣乱，你听着，（坐椅边摇动两只垂着的脚。梅真坐下对面一张椅子上听）后天，后天我们不是请客么？……咳咳……糟糕？（跳下望书桌方面走去）请帖你到底都替我们发出去了没有？前天我看见还有好些张没有寄，（慌张翻抽屉）糟糕，请帖都那儿去了？

梅　真　（闲适的）大小姐不是说不要我管么？

文　琪　（把抽屉大声的关上）糟了，糟了，你应该知道，大小姐的话靠不住的呀！她说不要你管，她自己可不一定记得管呀！（又翻另一个抽屉）她说……

梅　真　（偷偷好笑）得了，得了，别着急……我们做丫头的可就想到这一层了，人家大小姐尽管发脾气，我们可不能把人家的事给误了！前天晚上都发出去了。缺的许多住址也给填上了，你说我够不够格儿做书记？

文　琪　（松一口气又回到沙发上）梅真，你真"可以"的！明日我要是有出息，你做我的秘书！

梅　真　你怎么有出息法子？我们听听看！

文　琪　我想写小说。

梅　真　（抿着嘴笑）也许我也写呢？

文　琪　（也笑）也许吧！（忽然正经起来）可是梅真，你要想写，你现在可得多念点儿书，用点儿功才行呀！

梅　真　你说得倒不错！我要多看上了书，做起事来没有心绪，你说大小姐答应不答应我呢？！

文　琪　晚上……

梅　真　晚上看！好！早上起得来吗？我们又没有什么礼拜六，礼拜天的！……

文　琪　我同妈妈商量礼拜六同礼拜天给你放假……

梅　真　得了，礼拜六同礼拜天你们姊儿几个一回家，再请上四五位都能吃能闹的客，或是再忙着打扮出门，我还放什么假？要给我，干脆就给我礼拜一，像中原公司那样……

文　琪　好吧，我明儿替你说去，现在我问你正经话……

梅　真　好家伙。正经话说了半天还没有说出来呀？

文　琪　没有呢！……你看，咱们后天请客，咱们什么也没有预备呢！

梅　真　"咱们"请客？我可没有这福气！

文　琪　梅真你看！你什么都好，就是有时这酸劲儿的不好，我告诉你，人就不要酸，多好的人要酸了，也就没有意思了……我也知道你为难……

143

梅　真　你知道就行了，管我酸了臭了！

文　琪　可是你不能太没有勇气，你得望好处希望着，别尽管灰心。你知道酸就是一方面承认失败；一方面又要反抗，倒反抗不反抗的……你想那多么没有意思？

梅　真　好吧，我记住你这将来小说家的至理名言，可是你忘了世界上还有一种酸，本来是一种忌妒心发了酵变成的，那么一股子气味——可是我不说了。……

文　琪　别说吧，回头……

梅　真　好，我不说，现在我也告诉你正经话，请客的事，我早想过了！

文　琪　我早知道你一定有鬼主意……

梅　真　你看人家的好意你叫做鬼主意！其实我仅可不管你们的事的！话不又说回来了么；到底一个丫头的职务是什么呀？

文　琪　管它呢？我正经劝你把这丫头不丫头的事忘了它，（看到梅真抿嘴冷笑）你——你就当在这里做……做个朋友……

梅　真　朋友？谁的朋友。

文　琪　帮忙的……

梅　真　帮忙的？为什么帮忙？

文　琪　远亲……一个远房里小亲戚……

梅　真　得了吧，别替我想出好听的名字了，回头把你宝贝小脑袋给挤破了！丫头就是丫头，这个倒霉事就没有法子办，谁的好心也没有法子怎样的，除非……除非那一天我走了，不在你们家！别说了，我们还是讲你们请客的事吧。

文　琪　请客的事，你闹得我都把请客的事忘光了！

梅　真　你瞧，你的同情心也到不了那儿不是，刚说几句话，就算闹了你的正经事，好娇的小姐！

文　琪　你的嘴真是小尖刀似的！

梅　真　对不起，又忘了你的话。

文　琪　我的什么话？

梅　真　你不说，有勇气就不要那样酸劲儿么？

（荣升入，荣升是约略四十岁左右的北方听差，虽然样子并无特殊令人注意之处，可是看去却又显然有一点点滑稽。）

荣　升　四小姐电话……黄仲维先生，打什么画会里打来的，我有点儿听不真，黄先生只说四小姐知道……

文　琪　（大笑）得了，我知道，我知道。（转身）耳机呢，耳机又跑那里去了？

梅　真　又是耳机跑了！什么东西自己忘了放在那儿的，都算是跑了！电话本子，耳机都长那么些腿？（亦起身到处找）

（荣升由桌子边书架上找着耳机递给四小姐，自己出。）

文　琪　（接电话）喂，喂，（生气底）荣升！你把电话挂上罢！

145

　　　　我这儿听不见！喂，仲维呀？什么事？

梅　真　四小姐我出去吧，让你好打电话……

文　琪　（按着电话筒口）梅真，梅真你别走，请客的事，（急招手）别走呀！喂，喂，什么？噢，噢，你就来得啦？……我这儿忙极了，你不知道！吓？我听不见，你就来吧！吓？好，好……

（梅真笑着回到桌上拿一张纸一支铅笔坐在椅上，一面想一面写。）

文　琪　（继续打电话）好，一会儿见。（拔掉电话把耳机带到沙发上一扔）

梅　真　（看四小姐）等等又该说耳机跑了！（又低头写）

文　琪　刚才我们讲到那儿了？

梅　真　讲到……我想想呀，噢，什么酸呀臭呀的，后来就来了甜的……电话？

文　琪　（发出轻松的天真的笑声）别闹了，我们快讲请客的事吧。

梅　真　哎呀，你的话怎么永远讲不到题目上来呀？（把手中单子递给文琪看）我给你写好了一个单子你看好不好？家里蜡台我算了算一共有十四个，桌布我也想过了……

文　琪　桌布，（看手中单子）亏你也想到了，我早借好啦！

梅　真　好吧，好吧，算你快一步！我问你吃的够不够？

文　琪　（高兴底）够了，太够了。（看单子）嘿，这黑宋磁胆瓶拿来插梅花太妙了，梅真你怎么那么会想。

梅　真　我比你大两岁，多吃两碗饭呢！（笑）我看客厅东西要搬开，好留多点儿地方你们跳舞，你可得请太太同大老爷说一声，回头别要大家"不合适"。（起立左右端详）这间屋子我们给打扮得怪怪的，顶摩登的，未来派的，（笑）像电影里的那样留给客人们休息抽烟，谈心或者"作爱"——，好不好？

文　琪　这个坏丫头！

梅　真　我想你可以找你那位会画画的好朋友来帮忙，随便画点儿摩登东西挂起来，他准高兴！

文　琪　找他？仲维呀？鬼丫头，你主意真不少！我可不知道仲维肯不肯。

梅　真　他干吗不肯？（笑着到桌边重剥花生吃）

文　琪　（跟着她过去吃花生，忽然俯身由底下仰看着梅真问）唐家元哥——唐元澜同黄——黄仲维两人，你说谁好？

梅　真　（大笑以挑逗口气）四小姐，你自己说吧，问我干吗？！

文　琪　（不好意思）这鬼！我非打你不可！（伸手打梅背）

　　（梅真乱叫，几乎推翻桌子，桌子倾斜一下花生落了满地，两人满房追打。

　　荣升开门无声的先皱了皱眉，要笑又不敢。）

荣　升　唔，四小姐，唐先生来了。

（四小姐同梅真都不理会，仍然追着闹。）

荣　升　（窘，咳嗽）大小姐，三小姐管莫都没有回来吧？

（四小姐同梅真仍未理会。）

荣　升　（把唐元澜让了进来，自己踌躇的）唐先生，您坐坐吧，大小姐还没有回来。（回头出）

（唐元澜已是三十许人，瘦高，老成持重，却偏偏富于幽默。每件事，他都觉得微微好笑，却偏要皱皱眉。锐敏的口角稍稍掀动，就停止下来；永远像是有话要说，又不想说，仅要笑笑拉倒。他是个思虑深的人，可又有一种好脾气，所以样子看去倒像比他的年岁老一点儿。身上的衣服带点儿"名士派"，可不是破烂或是肮脏。口袋里装着书报一类东西，一伸手进去，似乎便会带出一些纸片。

唐元澜微笑看四小姐同梅真，似要说话又不说了，自己在袋里掏出烟盒来，将抽，又不抽了。）

文　琪　（红着脸摇一摇头发望到唐）元哥，他们都不在家，就剩我同梅真两个。

唐元澜　（注视梅真又向文琪）文琪玩什么这么热闹。

文　琪　（同梅真一同不好意思的憨笑，琪指梅真）问她！

唐元澜　我问你二哥什么时候能到家？

（梅真因鞋落，俯身扣上鞋，然后起立，难为情的望着门走，听到话，回头忙着。）

文　琪　二哥后天才到，因为在天津停一天。（向梅）这坏丫头！怔什么？

梅　真　你说二少爷后天才回来？……我想……我先给唐先生倒茶去吧。

唐元澜　别客气了，我不大喝茶。（皱眉看到地上花生）噢，这是那里来的？（俯身拾地上花生剥着放入嘴里）

梅　真　（憨笑的）你看唐先生饿了，我给你们开点心去！（又回头）四小姐，你们吃什么？

文　琪　随便，你给想吧！噢，把你做的蛋糕拿来。（看梅将出又唤回她）等等，梅真，（伸手到抽屉里掏几张毛钱票给梅）哪，拿走吧，回头我忘了，你又该赌不成了。

梅　真　（高兴的淘气的笑）好小姐，记性不坏，大年下我要赌不成，说不定要去上吊，那多冤呀！

唐元澜　（目送梅出去）你们真热闹！

文　琪　梅真真淘气，什么都能来！

唐元澜　聪明人还有不淘气的？文琪，我不知道你家里为什么现在不送她上学了。

文　琪　我也不大知道，反正早就不送她上学了。奶奶在的时候就爱说妈惯她，现在是大伯伯同伯孃连大姊也不喜欢她，说她上了学，上不上，下不下的，也不知算什么！那时候我们不是一起上过小学么？在一个学堂里大姊老觉得不合适……

唐元澜　学堂里同学的都知道她是……

文　琪　自然知道的，弄得大家都蹩纽极了，后来妈就送她到另外一个中学，大半到了初中二就没有再去了……

唐元澜　为什么呢？

文　琪　她觉得太受气了，有一次她很受点儿委曲——一个刺激吧，（稍停）别说了，（回头看看）一会儿谁进来了听见不好。（稍停）……元哥，你说大姊跟从前改了样子没有？

唐元澜　改多了……其实谁都改多了，这六年什么都两样得了不得……大家都——都很摩登起来。

文　琪　尤其是大姊，你别看三姊糊里糊涂的，其实更摩登，有点儿普罗派，可很矛盾的，她自己也那么说，（笑）还有妈妈。元哥你看妈妈是不是个真正摩登人？（急说的）严格的说，大姊并不摩登，我的意思说，她的思想……

唐元澜　（苦笑打断文琪的话）我抽根烟，行不行？（取出烟）

文　琪　当然——你抽好了！

（唐元澜划了洋火点上，衔着烟走向窗前两手背着。）

文　琪　（到沙发上习惯的坐下，把腿弯上去，无聊的）我——我也抽根烟行不行？
唐元澜　（回过身来微笑）当然——你抽好了！
文　琪　我可没有烟呀！
唐元澜　对不起。（好笑底从袋里拿出烟盒，开了走过递给文琪，让她自己拿烟）
文　琪　（取根烟让唐给点上）元哥，写文章的人是不是都应该会抽烟？
唐元澜　（逗老四口气）当然的！要真成个文豪，还得学会了抽雪茄烟呢！
文　琪　（学着吹烟圈）元哥，你是不是同大姊有点儿蹩纽？你同她不好，是不是？
唐元澜　（笑而不答，拾起沙发上小说看看，诧异地）你在看这个？（得意）喜欢么？真好，是不是？
文　琪　好极了！（伸手把书要回来）元哥，原来你也有热心的时候，起初我以为你什么都不热心，世界上什么东西都不爱！
唐元澜　干吗我不热心？世界上（话讲得很慢）美的东西……美

　　　　的书……美的人……我一样的懂得爱呀！怎么你说得我好像一个死人！

文　琪　不是，我看你那么少说话，怪蹩纽的，（又急促的）我同梅真常说你奇怪！

唐元澜　你同梅真？梅真也说我奇怪么？（声音较前不同，却压得很低）

文　琪　不，不，我们就是说——摸不着你的脾气……（窘极，翻小说示唐）你看这本书还是你寄给大姊的，大姊不喜欢，我就检来看……

唐元澜　大姊不喜欢小说，是不是？我本就不预备她会看的，我想也许有别人爱看！

文　琪　（老实底）谁？（又猜想着）

唐元澜　（默然，只是抽着烟走到矮榻前，预备舒服的坐下，忽然触到毛织物，跳起，转身将许多针线移开）好家伙，这儿创作品可真不少呀！

文　琪　（吓一跳，笑着，起来走过去）对不起，对不起，这都是姊姊们的创作，扔在这儿的！我来替你收拾开点儿，（由唐手里取下织成一半的毛衣，提得高高的）你看这是三姊的，织了滑冰穿的，人尽管普罗，毛衣还是得穿呀！（比在自己身上）你看，这颜色不能算太"布而乔雅"吧？（顽皮得高兴）

（唐元澜又检起一件大红绒的东西。）

文　琪　（抢过在手里）这是大姊的宝贝，风头的东西，你看，（披红衣在肩上，在房里旋转）我找镜子看看……

（大小姐文娟同张爱珠，热闹的一同走入。文娟是个美丽的小姐，身材长条，走起路来非常好看，眉目秀整，但不知什么缘故，总像在不耐烦谁，所以习惯于锁起眉尖，叫人家有点儿怕她，又不知道什么时候得罪了她似的，怪难过的。张爱珠，眯着的眼里有许多讲究，她会笑极了，可是总笑得那么不必需，这会子就显然在热闹的笑，声音吱吱喳喳的在说一些高兴的话。）

文　娟　（沉默底，冷冷底望着文琪）这是干吗呀？
文　琪　（毫不在意的笑笑底说）谁叫你们把活全放开着就走了？人家元哥没有地方坐，我才来替你们收拾收拾。
张爱珠　Mr. 唐等急了吧，别怪文娟，都是我不好……（到窗前拢头发抹口唇）
唐元澜　（局促不安）我也刚来。（到炉边烤火）
文　娟　（又是冷冷地一望）刚来？（看地上花生，微怒）谁这样把花生弄得满地？！（向老四）屋子乱，你干吗不叫梅真来收拾呢？你把她给惯得越不成样子了！
文　琪　（好脾气的陪笑着）别发气，别发气，我来当丫头好了。

（要把各处零碎收拾起来）

文　　娟　谁又发气？更不用你来当丫头呀！（按电铃）爱珠，对不起呵，屋子这么乱！

张爱珠　你真爱清楚。人要好看，她什么都爱好看。（笑眯眯的向唐）是不是？

（梅真入。）

梅　　真　大小姐回来啦？

文　　娟　回来了，就不回来，你也可以收拾收拾这屋子的！你看看这屋子像个什么样子？

梅　　真　（偷偷同老四做脸，老四作将笑状手掩住口）我刚来过了，看见唐先生来了，就急着去弄点心去。

文　　娟　我说收拾屋子就是收拾屋子，别拉到点心上。

梅　　真　（掀着嘴）是啦，是啦。（望前伸着手）您的外套脱不脱？要脱就给我吧，我好给挂起来，回头在椅子上堆着也是个不清楚不是？

文　　娟　（生气的脱下外套交梅）拿去吧，快开点心！

梅　　真　（偏不理会地走到爱珠前面）张小姐您的也脱吧，我好一起挂起来。

（爱珠脱下外套交梅。）

梅　　真　（半顽皮的向老四）四小姐，您受累了，回头我来检吧。
　　　　　（又同老四挤了挤眼，便捧着一堆外套出去）

唐元澜　（由炉边过来摩擦着手大声的笑）这丫头好厉害！

文　　娟　（生气底）这怎么讲！

唐元澜　没有怎样讲，我就是说她好厉害。

文　　娟　这又有什么好笑？本来都是四妹给惯出来的好样子，来了客，梅真还是这样没规没矩的。

唐元澜　别怪四妹，更别怪梅真，这本来有点儿难为情，这时代还叫人做丫头，做主人的也不好意思，既然从小就让人家上学受相当教育，你就不能对待她像对待底下人老妈子一样！

文　　娟　（羞愤）谁对待她同老妈子一样了，既是丫头，就是进了学，念了一点儿书，在家里也还该做点儿事呀，并且妈妈早就给她月费的。

唐元澜　问题不在做事上边，做事她一定做的，问题是在你怎样叫她做事……口气，态度，怎样的叫她不……不觉得……

张爱珠　（好笑的向文娟）Mr. 唐有的是书生的牢骚……他就不知道人家多为难，你们这梅真有时真气人透了……Mr. 唐，你刚从外国回来有好些个思想，都太理想了，在中国就合不上。

文　　娟　（半天不响才冷冷底说）人家热心社会上被压迫的人，不好么?……可是我可真不知道谁能压迫梅真?我们不被她欺侮压迫就算很便宜啰,那家伙……尽借着她那地位来打动许多人的同情!遇着文霞我们的那位热心普罗的三小姐更不得了……

张爱珠　其实丫头还是丫头脾气,现在她已经到了岁数,——他们从前都说丫头到了要出嫁的岁数,顶难使唤的了,原来真有点儿那么一回事!我妈说……(吃吃笑)

文　琪　(从旁忽然插嘴)别缺德呀!

文　娟　你看多奇怪,四妹这护丫头的劲儿!

(门开处黄仲维笑着捧一大托盘茶点入,梅真随在后面无奈何他,黄年青,活泼,顽皮,身着洋服内衬花毛线衣,健康得像运动家,可是头发蓬松一点儿,有一副特别灵敏的眼睛,脸上活动的表情表示他并不是完全的好脾气,心绪恶劣时可以发很大的脾气,发完又可以自己懊悔。就因为这一点,许多女孩子本来可以同他恋爱的,倒有点儿怕他,这一点也就保护着他不成为模范情人。此刻他高兴底胡闹底走入他已颇熟识的小书房。)

黄仲维　给你们送点心来了!(四顾)大小姐,四小姐,张小姐,唐先生,您们大家好!(手中捧盘问梅真)这个放那儿呀?

梅　真　你看,不会做事可偏要抢着做!(指小圆桌)哪,放这儿吧！

文　娟　（皱眉对梅）梅真规矩点儿，好不好？

梅　真　（掀起嘴，不平底）人家黄先生愿意拿，闹着玩又有什么要紧？

张爱珠　（作讨厌梅真样子，转向黄）仲维，你来的真巧，我们正在讨论改良社会，解放婢女问题呢。

黄仲维　讨论什么？（放下茶盘）什么问题？

张爱珠　解放婢女问题。

梅　真　（如被刺，问张）张小姐，您等一等，这么好的题目，等我走了再讨论吧，我在这儿，回头妨碍您的思想！（急速转身出）

（唐元澜咳嗽要说话又不说。）

黄仲维　（呈不安状，交换皱眉）梅真生气了。

文　琪　你能怪她么？

文　娟　生气让她生气好了。

张爱珠　我的话又有什么要紧，"解放婢女问题"，做婢女的听见了又怎样？我们不还说"解放妇女"么？我们做妇女听见难道也就该生气么？

文　琪　（不理张）我们吃点心吃点心！仲维，都是你不好，无端端惹出是非来！

黄仲维　真对不起！（看大小姐，生气底）谁想到你们这儿规矩这么大？！我看，我看，（气急底）梅真也真……倒……

文　　琪　（搁住黄的话）别说啦，做丫头当然倒霉啦！

黄仲维　那，你们不会不要让她当丫头么？

文　　琪　别说孩子话啦——吃点心吧！

文　　娟　（冷笑的）你来做主吧！

黄仲维　（不理大小姐，向文琪）怎样是孩子话？

唐元澜　（调了嗓子，低声的）文琪的意思是：这不在口里说让不让她当丫头的问题。问题在：只要梅真在她们家，就是不拿她当丫头看待，她也还是一个丫头，因为名义上、实际上，什么别的都不是！又不是小姐，又不是客人，又不是亲戚……

文　　琪　（惊异底望元澜，想起自己同梅谈过的话）元哥，你既然知道得这么清楚，你看梅真这样有什么办法？

唐元澜　有什么办法？（稍停）也许只有一个办法，让她走，离开你们家，忘掉你们，上学去，让她到别处去做事——顶多你们从旁帮她一点儿忙——什么都行，就是得走。

文　　娟　又一个会做主的——这会儿连办法都有了，我看索性把梅真托给你照应得了，元澜，你还可以叫她替你的报纸办个社会服务部。

文　　琪　吃点心吧，别抬杠了！（倒茶）仲维，把这杯给爱珠，这杯给大姊。

（大家吃点心。）

唐元澜　（从容地仍向娟）人家不能替你做主，反正早晚你们还是得那样办，你还是得让她走，她不能老在你们这里的。

文　娟　当然不能！

文　琪　元哥，你知道梅真自己也这样想，我也……

文　娟　老四，梅真同你说过她要走么？

文　琪　不是说要走，就是谈起来，她觉得她应该走。

文　娟　我早知道她没有良心，我们待她真够好的了，从小她穿的住的都跟我们一样，小的时候太小，又没有做事，后来就上学，现在虽然做点儿事，也还拿薪水呀！元澜根本就不知道这些情形。……元澜，你去问你刘姨嬷，你还问她，从前奶奶在的时候，梅真多叫老太太生气，刘姨嬷知道。

唐元澜　这些都是不相干的，一个人总有做人的，的——的 pride[①] 呀。谁愿意做，做……哪，刚才爱珠说的："婢女"呀！管你给多少薪水！

张爱珠　（检起未完毛线衣织，没有说话，此刻起立）文娟，别吵了，我问你，昨天那件衣料在那儿？去拿给我看看，好

[①] pride：意为自尊、尊严。——编者注

不好？

文　娟　好，等我喝完这口茶，你到我屋子比比，我真想把它换掉。

张爱珠　（又眯着眼笑）别换了，要来不及做了，下礼拜小陆请你跳舞不是？别换了吧。

文　娟　你不知道，就差那一点儿就顶不时髦，顶不对劲儿了。小陆眼睛尖极了。

黄仲维　（吃完坐在沙发看杂志，忽然插嘴）什么时髦不时髦的，怎样算是对劲儿，怎样算是不对劲儿？

（唐元澜望望文娟无语，听到黄说话，兴趣起来，把杯子放下听，拿起一块蛋糕走到角落里倚着书架。）

张爱珠　你是美术家，你不知道么？

文　琪　（轻声亲热地逗黄）碰了一鼻子灰了吧？

（唐元澜无聊地忽走过，俯身由地上检拾一个花生吃。）

黄仲维　（看见）这倒不错，满地上有吃的呀，（亦起俯身检一粒）怎么，我检的只是空壳。（又俯身检寻）

文　琪　你知道这花生那里来的？

黄仲维　不知道。

文　琪　（凑近黄耳朵）梅真赌来的！

文　娟　（收拾椅上活计东西要走，听见回头问）那儿来的？

（唐、黄同文琪都笑着不敢答应。）

黄仲维　（忽然顽皮的）有人赌来的！

文　娟　什么？

文　琪　（急）没有什么，别听他的，（向黄）再闹我生气了。

文　娟　（无聊的起来）爱珠，上我屋来，我给你那料子看吧。（向大家）对不起呀，我们去一会儿就来，反正看电影时间还早呢，老三也没有回来。

张爱珠　（提着毛织物，咕咕呱呱的）你看这件花样顶难织了，我……（随娟出）

（文娟同爱珠同下。）

唐元澜　哎呀，我都忘了约好今天看电影，还好我来了！我是以为二弟今天回来，我来找他有事！（无聊的坐下看报）

黄仲维　（直爽的）我没有被请呀，糟糕，我走吧。（眼望着文琪）

文　琪　别走，别走，我们还有事托你呢，我们要找你画点儿新派的画来点缀这个屋子。

黄仲维　（莫明其妙的）什么？

文　琪　我们后天晚上请客，要把这屋子腾出来作休息室，梅真出个好主意,她说把它变成未来派的味儿,给人抽烟说话用。我们要你帮忙。

(唐在旁听得很有兴趣,放报纸在膝上。)

黄仲维　(抓头)后天晚上,好家伙!

(门忽然开了,李琼走了进来。)

李　琼　(妈妈的颜色不同平常那样温和,声音也急促点儿)老四你在这儿,我问你,你们干吗又同梅真过不去呀?大年下的!

文　琪　我没有……

唐元澜　表姑。

黄仲维　伯母。

李　琼　来了一会儿吧,对不起,我要问老四两句话。

文　琪　妈,妈别问我,妈知道大姊的脾气的,今天可是张爱珠诚心同梅真过不去!梅真实在有点儿太难。

李　琼　(坐下叹口气)我真不知怎么办好!梅真真是聪明,岁数也大了,现在我们这儿又不能按老规矩办事,现在叫她上那儿去好,送她到那儿去我也不放心,老实说也有点儿舍不得。你们姊儿们偏常闹到人家哭哭啼啼的,叫我没有主意!

文　琪　不要紧,妈别着急,我去劝劝她去好不好?

黄仲维　对了,你去劝劝她,刚才都是我不好。

李　琼　她赌气到对门陈家去了,我看那个陈太太对她很有点儿不怀好意。

文　琪　(张大了眼)怎么样不怀好意,妈?

李　琼　左不是她那抽大烟的兄弟!那陈先生也是鬼头鬼脑的……得了,你们小孩子那里懂这些事?梅真那么聪明人,也还不懂得那些人的用心。

唐元澜　那老陈不是吞过公款被人控告过的么?

李　琼　可不是?可是后来,找个律师花点儿钱,事情麻麻糊糊也就压下来了;近来又莫明其妙的很活动,谁知道又在那里活动些甚么。一个年顶轻的少奶奶,人倒顶好,所以梅真也就常去找她玩,不过,我总觉得不妥当,所以她一到那边我就叫人叫她回来,我也没告诉过梅真那些复杂情形……(稍停,向文琪)老四你现在就过去一趟,好说坏说把梅真劝回来罢!

文　琪　好吧,我,我就去。(望黄)

黄仲维　我送你过去。

(文琪取壁上外衣,黄替她穿上。)

文　琪　妈，我走啦。元哥一会儿见。

黄仲维　（向唐招呼底摆摆手）好，再见。

（两人下。）

唐元澜　（取烟盒递给李琼）表姑抽烟不？

李　琼　（摇摇头）不是我偏心，老四这孩子顶厚道。

唐元澜　我知道，表姑，文琪是个好孩子。（自己取烟点上，俯倚对面椅背上）

李　琼　元澜，我是很疼娟娟的，可是老实说，她自小就有脾气。你知道，她既不是我生的，有时使我很为难……小的时候，说她有时她不听，打她太难为情，尤其是她的祖母很多心，所以我也就有点儿惯了她。现在你回来了……

（唐元澜忽起立，将烟在火炉边打下烟灰，要说话又停下。）

李　琼　（犹疑的）你们的事快了吧？

唐元澜　（抬头很为难的说）我觉得我们这事……

李　琼　我希望你劝劝娟娟，想个什么法子弄得她对生活感觉满足……我知道她近来有点儿脾气，不过她很佩服你，你的话她很肯听的，你得知道她自己总觉得没有嬷有点儿委曲。

唐元澜　我真不知道怎样对表姑说才好，我也不知道应该不应该

|||这样说：我——我觉得这事真有点儿叫人难为情。当初那种办法我本人就没有赞成，都是刘姨嬷一个人弄的。后来我在外国写许多信，告诉他们同表姑说，从前办法太滑稽，不能正式算什么，更不能因此束缚住娟娟的婚姻。我根本不知道，原来刘姨嬷就一字没有提过，反倒使亲亲戚戚都以为我们已经正式订了婚。

李 琼　我全明白你的意思，当时我也疑心是你刘姨嬷弄的事。你也得知道我所处地位难，你是我的表侄，娟娟又不是我亲生的，娟娟的伯父又守旧，在他眼里连你在外国的期间的长短好像我都应该干涉，更不要说其他！当时我就是知道你们没有正式订了婚，我也不能说。

唐元澜　所以现在真是为难！我老实说我根本对娟娟没有求婚的意思。如果当时，我常来这里，那是因为……（改过语气）表姑也知道那本不应该就认为有什么特殊的意义。我们是表兄妹，当时我就请娟娟一块儿出去玩几趟又能算什么？

李 琼　都是你那刘姨嬷慌慌张张地跑去同娟娟的伯嬷讲了一堆，我当时也就觉得那样不妥当——这种事当然不能勉强的。不过我也要告诉你，我觉得娟娟很见得你好，这次你回来，我知道她很开心，你们再在一起玩玩熟了，也许就更知道对方的好处。

唐元澜　（急）表姑不知道，这事当初就是我太不注意了，让刘姨嬷弄出那么一个误会的局面，现在我不能不早点表白我

　　　　的态度，不然我更对娟娟不起了。

李　琼　（一惊）你对娟娟已说过了什么话么？

唐元澜　还没有！我觉着困难，所以始终还没有打开窗子说亮话。为了这个事，我真很着急，我希望二弟快回来，也就是为着这个缘故。我老实说，我是来找梅真的，我喜欢梅真……

李　琼　梅真？你说你……

文　琪　（推门入）妈妈，我把梅真找了回来，现在仲维要请我同梅真看电影去，我们也不回来吃饭了！（向唐）元哥，我不同你们一块儿看电影了，你们提另去吧，劳驾你告诉大姊一声。

（琪匆匆下。唐失望的怔着。）

李　琼　（看文琪微笑）这时期年龄最快活不过，我喜欢孩子们天真烂漫，混沌一点儿……

文　娟　（进房向里来）妈妈在这儿说话呀？老四呢？仲维呢？

李　琼　（温和的）他们疯疯颠颠跑出去玩去了。

文　娟　爱珠也走了，现在老三回来了没有？

李　琼　老三今早说今天有会，到晚上才能回来的。

文　娟　（向唐半嘲的口吻）那么只剩了我们俩了，你还看不看电影？

李　琼　（焦虑底望着唐希望他肯去）今天电影还不错呢，你们去吧。

唐元澜　表姑也去看么？我，我倒……
李　琼　我有点儿头痛不去了，（着重底）你们去吧，别管我，我还有许多事呢，（急起到门边）元澜，回头还回来这里吃晚饭吧。

（琼下。
文娟直立房中间睨唐，唐、娟无可奈何的对望着。）

文　娟　怎样？
唐元澜　怎样？

（幕下）

第二幕

出台人物 （按出台先后）

　　　　电灯匠　老孙

　　　　宋　雄　电料行掌柜（二十七八壮年人）

　　　　梅　真　李家丫头（曾在第一幕出台）

　　　　李大太太　李琼夫嫂

　　　　四小姐　李文琪（曾出台）

　　　　黄仲维　研究史学喜绘画的青年（曾出台）

　　　　荣　升　仆人（曾出台）

　　　　唐元澜　从国外回来年较长的留学生（曾出台）

　　　　三小姐　李文霞

　　　　大小姐　李文娟（李前妻所出，非李琼女）（曾出台）

地　　点　三小姐、四小姐共用的书房

时　　间　过了两天以后

　　同一个书房过了两天的早上。家具一切全移动了一些位置，秩序显然纷乱，所谓未来派的吃烟室尚在创造中，天下混沌，玄黄未定。地上有各种东西，墙边放着小木梯架。小圆桌子推在台的一边，微微偏左，上面放着几副铜烛台，一些未插的红蜡。一

个很大的纸屏风上面画了一些颜色鲜浓，而题材不甚明了的新派画；沙发上堆着各种靠背，前面提另放着一张画，也是怪诞叫人注目的作品。

幕开时，电灯工匠由梯子上下来，手里拿着电线，身上佩着装机械器具的口袋。宋雄背着手立着看电灯。

宋雄是由机器匠而升作年轻掌柜的人物，读过点儿书，吃过许多苦，因为机会同自己会利用这机会的麻俐处，卒成功的支持着一个小小专卖电料零件的铺子。他的体格大方，眉目整齐，虽然在装扮上显然俗些。头发梳得油光，身上短装用的是黑色绸料，上身夹袄胸上挖出小口袋，金表链由口袋上口牵到胸前扣绊上。椅上放着黑呢旧外衣，一条花围巾，一副皮手套。

宋　雄　饭厅里还要安一些灯，加两个插销。电线不够了吧？

工　匠　（看电线）剩不多了！要么，我再回柜上拿一趟去！

宋　雄　不用，不用，我给柜上打个电话，叫小徒弟送来。你先去饭厅安那些灯口子。

工　匠　劳驾您告诉老张再给送把小解锥来，（把手里解锥一晃）这把真不得使。（要走又回头）我说掌柜的，今日我们还有两处的"活"答应人家要去的，这儿这事挺麻烦的，早上要完不了怎么办？（缠上剩下的电线）

宋　雄　（挥手）你赶着做，中饭以前非完不行。我答应好这儿的二太太，不耽误他们开饭。别处有活没有活，我也不能管了！

工　匠　掌柜的，您真是死心眼，这点儿活今日就自己来这一早上！

宋　雄　老孙，我别处可以不死心眼，这李家的事，我可不能不死心眼！好！我打十四岁就跟这儿李家二爷在电灯厂里做事，没有二爷，好！说不定我还在那倒霉地方磨着！二爷是个工程师，他把我找去到他那小试验所里去学习，好，那二爷脾气模样就有像这儿的三小姐，他可真是好人，今日太太还跟我提起，我们就说笑，我说，要是三小姐穿上二爷衣服，不仔细看，谁也以为是二爷。

工　匠　那位高个子的小姐么？好，那小姐脾气可有呀，今日就这一早上，我可就碰着一大堆钉子了。

宋　雄　（笑）你说的管莫是大小姐！好，她可有脾气！（低声）她不是这位二太太生的。（急回头看）得了，去你的吧，快做活，我可答应下中饭以前完事，你给我尽着做，我给你去打电话。

（工匠下。

宋拿起外衣围巾要走，忽见耳机，又放下衣服走到书桌边，拿起耳机，插入插销试电话。）

宋　雄　（频回头看看有没有人）喂，东局五〇二七，喂，你老张呀？我是掌柜的，我在李宅，喂，我说呀，老孙叫你再叫小徒弟骑车送点儿电线来，再带一把好的解锥来，说是呢！他说他那一把不得使，……谁知道？……老孙就那脾气！我说呀，你给送一把来得了，什么？那家又来催？你就说今日柜上没有人，抓不着工夫，那有什么法子！好吧，再见啦。（望着门）

（梅真捧铜蜡台入，放小圆桌上，望宋，宋急拔耳机走近梅。）

宋　雄　（笑声）梅姊，您这两日忙得可以的？（注视梅不动）

梅　真　倒挺热闹的，（由地下拿起擦铜油破布擦烛台，频以口呵气）怎么了，小宋你们还不赶着点儿，仅摆着下去，就要开饭了，饭厅里怎么办？说不定我可要挨说了！（看宋）

宋　雄　（急）我可不能叫你挨说，我已经催着老孙赶着做，那老孙又偏嫌他那解锥不得使，我又打了电话到柜上要去，还要了电线，叫人骑车送来，这不都是赶着做么？

梅　真　只要中饭以前饭厅里能完事，我就不管了。你还不快去？瞧着点儿你那老孙！别因为他的解锥不得使，回头叫人家都听话。你可答应太太中饭以前准完事的！

宋　雄　梅姊，你……你可……你可记得我上次提过的那话？

梅　真　（惊讶的）什么话？噢，那个，得了，小宋，人家这儿忙得这样子，你还说这些？

宋　雄　你……你答应我到年底再说不是？……

梅　真　一年还没有过完呢！我告诉你吧，小宋，我这个人没有什么用处，又尽是些脾气，干脆最好你别再来找我，别让我耽搁你的事情，……

宋　雄　我，我就等着你回话……你一答应了，我就跟李太太说去。

梅　真　我就没有回话给你。

宋　雄　梅……梅姊，你别这样子，我这两年辛辛苦苦弄出这么一个小电料行不容易，你得知道，我心里就盼着那一天你肯跟我一块儿过日子，我能不委曲你。

梅　真　得了，你别说了。

宋　雄　我当时也知道你在这里同小姐似的讲究，读的书还比我多，说不定你瞧不上我，可是现在，我也是个掌柜的，管他大或小，铺子是我自己办的，七八个伙计，（露出骄傲颜色）再怎样，也用不着你动手再做粗的，我也能让你享点儿福，贴贴实实过好日子，除非你愿意帮着柜上管管账簿，开开清单。

梅　真　（怜悯的）不是我不知道你能干。三年的工夫你弄出那么一个铺子来，实在不容易！……

宋　雄　（得意的忸怩的）现在你知道了你可要来，我准不能叫你怎样，……我不能丢你的脸。

梅　真　（急）小宋，你可别这样说，出嫁不是要体面的事，你说得这贫劲儿的！我告诉你什么事都要心愿意才行，你就别再同我提这些事才好,我这个人于你不合适,回头耽搁了你的事。

宋　雄　我……我……我真心要你答应我。

梅　真　(苦笑)我知道你真心,可是单是你真心不行,我告诉你,我答应不出来!

宋　雄　你,你管莫嫌我穷!我知道我的电料行还够不上你正眼瞧的……

梅　真　(生气)我告诉你别说得这么贫!谁这么势利?我好意同你说,这种事得打心里愿意才行。我心里没有意思,我怎样答应你?

宋　雄　你……你你不是不愿意吧?(把头弄得低低的,担心的进出这句疑问,又怕梅真回答他)

梅　真　(怜悯的)……不……不是不愿意,是没有这意思,根本没有这意思!我这个人就这脾气,我,我这个人不好,所以你就别找我最好,至少今天快别提这个了,我们这儿都忙,回头耽误了小姐们的事不好。

宋　雄　(低头弄上围巾,至此叹口气围在项上,披着青呢旧大衣由旁门出)好吧,我今日不再麻烦你了,可是年过完了你可还得给我一个回话。

(宋下。)

梅　真　（看宋走出，自语）这家伙！这死心眼真要命，用在我身上可真是冤透了，（呵铜器仍继续擦）看他讨厌又有点儿可怜！（叹息）那心用在我身上，真冤！我是命里铸定该吃苦，上吊，跳河的！怎么做电料行的掌柜娘，（发憨笑）电料行的掌柜娘！（忽伏在桌上哭）

（门开处大太太咳嗽着走入。她是个矮个子，五十来岁瘦小妇人，眼睛小小的，到处张望，样子既不庄严，说话也总像背地里偷说的口气。）

梅　真　（惊讶的抬头去后望，急急立起来）大太太是您，来看热闹？这屋子还没有收拾完呢。

大太太　（望屏风）这是什么东西——这怪里怪气的？

梅　真　就是屏风。

大太太　什么屏风这怪样子？

梅　真　（笑笑）我也不知道。

大太太　我看二太太真惯孩子，一个二个大了都这么疯！二老爷又不在世了，谁能说他们！今天晚上请多少客，到底？

梅　真　我也不知道，反正都是几位小姐的同学。

大太太　在大客厅里跳舞吗？（好奇的）

梅　真　对了！（又好笑又不耐烦）

大太太　吃饭在那儿呢？

梅　真　就在大饭厅里啰。（好笑）

大太太　坐得下那些人吗？

梅　真　分三次吃，有不坐下的站着吃……

大太太　什么叫做新，我真不懂这些事，（提起这个那个的看）女孩子家疯天倒地的交许多朋友，一会儿学生开会啦，请愿啦，出去让巡警打个半死半活的啦！一会儿又请朋友啦，跳舞啦，一对对男男女女这么拉着搂着跳，多么不好看呀？怪不得大老爷生气常说二太太不好好管孩子！梅真，我告诉你，我们记住自己是个丫头，别跟着她们学！赶明日好找婆婆家。

梅　真　（又好笑又生气的逗大太太）您放心，我不会嫁的，我就在这儿家里当一辈子老丫头！

大太太　（凑近了来，鬼鬼祟祟的）你不要着急，你多过来我院里，我给你想法子。（手比着）那天陈太太，人家还来同我打听你呢。别家我不知道，陈家有钱可瞒不了我！……陈太太娘家姓丁的阔气更不用说啦！

梅　真　（发气脸有点儿青）您告诉我陈家丁家有钱做什么？

大太太　你自己想吧，傻孩子，人家陈太太说不定看上了你！

梅　真　（气极竭力忍耐）陈太太，她——她看上了我干吗？！

大太太　（更凑近，做神秘的样子）我告诉你……

梅　真　（退却不愿听）大太太，您别——别告诉我什么……

大太太　（更凑近）你听着，陈太太告诉过我她那兄弟丁家三爷，

175

　　　　　常提到你好，三奶奶又没有男孩子，三爷很急着……
梅　　真　（回头向门跑）大太太，您别说这些话，我不能听……

（仲维同文琪笑着进来，同梅真撞个满怀。）

文　　琪　（奇怪的）梅真怎么了，什么事，这样忙？
梅　　真　我——我到饭厅去拿点儿东西……

（梅急下。）

文　　琪　（仍然莫明其妙的）伯孃，您来有事么？
大太太　（为难）没有什么事，……就找梅真……就来这里看看。
文　　琪　（指仲维）这是黄先生，（指大太太）仲维，这是我的伯孃。
黄仲维　我们那一天吃饭时候见过。（致意）
大太太　我倒不大认得，现在小姐们的朋友真多，来来往往的……
文　　琪　（做鬼脸向黄，又对大太太）怪不得您认不得！（故作正经的）我的朋友，尤其是男朋友，就够二三十位！来来往往的，——今天这一个来，明天那一个来！……
黄仲维　（亦做鬼脸，背着大太太用手指频指着琪）可是你伯孃准认得我，因为每次你那些朋友排着队来，都是我领头，我好比是个总队长！
大太太　（莫明其妙的）怎么排队来法子？我不记得谁排队来过！

黄仲维　（同时忍住笑）您没有看见过？

文　琪　（同时忍住笑）您没有看见过？下回我叫他们由您窗口走过……好让大伯伯也看看热闹。

大太太　（急摇手）不要吧。老四，你不知道你的大伯伯的脾气？

（黄、琪忍不住对笑。）

大太太　你们笑什么？

文　琪　没有什么。

大太太　（叹口气）我走了，你们这里东西都是奇奇怪怪的，我看不出有什么好看！今早上也不知道是谁把客厅那对湘绣风景镜框子给取下了，你孃说是交给我收起来……我，我就收起来，赶明儿给大姊陪嫁，那本来是你奶奶的东西！

黄仲维　（又忍住笑）那对风景两面一样，一边挂一个，真是好东西！

文　琪　对了，您收着给大姊摆新房吧，那西湖风景，又是月亮又是水的，太好看了，我们回头把它给糟蹋了太可惜！

（荣升入。）

荣　升　大太太在这屋子么？

大太太　在这屋子。什么事？

荣　升　对门陈太太过来了，在您屋子里坐，请您过去呢。

大太太　（慌张）噢，我就来，就来……

（大太太下，黄同琪放声地笑出来。）

荣　升　（半自语）我说是大太太许在这屋子里，问梅真，她总不答应，偏说不知道，害得我这找劲儿的！……

（荣升下。）

文　琪　对门陈太太，她跑来做什么？那家伙，准有什么鬼主意！
黄仲维　许是好奇也来看你们的热闹。谁让你们请跳舞，这事太新鲜，你不能怪人家不好奇，想来看看我们都是怎样的怪法子！
文　琪　（疑惑的）也许吧……还许是为梅真，你听伯孃说来她没有？嘿！……得了，不说了，我们先挂画吧。回头我一定得告诉妈去！
黄仲维　对了，来挂吧，（取起地上画，又搬梯子把梯架两腿支开放好）文琪，我上去，你替我扶着一点儿，这梯子好像不大结实。（慢慢上梯子）
文　琪　（扶住梯子，仰脸望）你带了钉子没有？
黄仲维　带了，（把画比在墙上）你看挂在这里行不行？
文　琪　你等等唔，我到那一边看看。（走过一边）行了，不不……

　　　　　　再低一点儿……好了，就这样。（又跑到梯下扶着）

黄仲维　（用锤子刚敲钉子）我钉啦！

文　琪　你等等！（又跑到一边望）不，不，再高一点儿！

黄仲维　一会儿低，一会儿高，你可拿定了你的主意呀！

文　琪　你这个人什么都可以，就是这性急真叫人怕你！

黄仲维　（钉画，笑）你怕我吗？

文　琪　（急）我可不怕你！

黄仲维　（钉完画由梯上转回头）为什么呢？

文　琪　因为我想我知道你。

黄仲维　（高兴的转身坐梯上）真的？

文　琪　（仰着脸笑）好，你还以为你自己是那么难懂的人呀？

　　（仲维默望底下楞楞的注视琪，不说话，只吹口哨。）

文　琪　你这是干吗呀？（用手轻摇梯身）

黄仲维　别摇，别摇，等我告诉你。

文　琪　快说，不然就快下来！

黄仲维　自从有了所谓新派画，或是立体派画，他们最重要的贡献是什么？

文　琪　我可不知道！（咕噜着）我又不学历史，又不会画画！

黄仲维　得了别说了，我告诉你，立体画最重要的贡献，大概是发现了新角度！这新角度的透视真把我们本来四方八正

179

的世界——也可以说是宇宙——推广了变大了好几倍。

文　琪　你讲些什么呀？

黄仲维　（笑）我在讲角度的透视。它把我们日常的世界推广了好几倍！你知道的，现代的画——乃至于现代的照相——都是由这新角度出发！一个东西，不止可以从一面正正的看它，你也可以从上，从下，斜着，躺着或是倒着，看它！

文　琪　你到底要说什么呀？

黄仲维　我就说这个！新角度的透视。为了这新角度，我们的世界，乃至于宇宙，忽然扩大了，变成许多世界，许多宇宙。

文　琪　许多宇宙这话似乎有点儿不通！

黄仲维　此刻我的宇宙外就多了一个宇宙，我的世界外又多出一个世界，我认识的你以外又多了一个你！

文　琪　（恍然悟了黄在说她）得了，快别胡说一气的了！

黄仲维　我的意思是：我认识的你以外，我又多认识了一个你——一个从梯子上望下看到的，从梯子下望上望着的李文琪！

文　琪　（不好意思）你别神经病地瞎扯吧！

黄仲维　（望琪）我顶正经的说话，你怎么不信！

文　琪　我信了就怎样？（顽皮的）你知道这宇宙以外，根本经不起再多出一个，从梯子上望下看到的，从梯子下望上望的李文琪所看到的，坐在梯子顶上说疯话的黄仲维！（仰脸大笑）

黄仲维　你看，你看，我真希望你自己此刻能从这儿看看你自己，

　　　　（兴奋）那一天我要这样替你画一张相！

文　琪　你画好了么，闹什么劲儿？下来吧。

黄仲维　说起来容易。我眼高手低，就没有这个本领画这样一张的你！要有这个本领，我早不是这么一个空想空说的小疯子了！

文　琪　你就该是个大疯子了么？

黄仲维　可不？对宇宙，对我自己的那许多世界，我便是真能负得起一点儿责任的大疯子了！

文　琪　快下来吧，黄大疯子，不然，我不管替你扶住梯子了！

黄仲维　（转身预备下来，却轻轻的说）文琪，如果我咬定了你这句话的象征意义，你怎样说？（下到地上望琪）

文　琪　什么象征意义？

黄仲维　（拉住文琪两手，对面望住她）不管我是大疯子小疯子，在梯子顶上幻想着创造什么世界，你都替我扶住梯子，别让我摔下去，行不行？

文　琪　（好脾气地，同时又刺讽地）什么时候你变成一个诗人？

黄仲维　（放下双手丧气地坐在梯子最下一级上）你别取笑我，好不好？……你是个聪明人，世界上最残忍的事就是一个聪明人笑笨人！（抬头向文琪苦笑）有时候，你弄得我真觉到自己一点儿出息都没有！（由口袋里掏出烟，垂头叹气）

文　琪　（感动，不过意地凑近黄，半跪在梯边向黄柔声问）仲维，你，你看我像不像一个刻薄人？

黄仲维　（迷惑的抓头）你？你，一个刻薄人？文琪，你怎么问这个？你别这样为难我了，小姐！你知道我不会……不会说话……简直的不会说！

文　琪　不会说话，就别说了，不好么？（起立）

黄仲维　（亦起立抓过文琪肩膀摇着她）你这个人！真气死我！你你……你不知道我要告诉你什么？

文　琪　（逗黄又有点儿害怕）我，我不知道！（摆脱黄抓住她的手）

黄仲维　（追琪）你……你把你耳朵拿过来，我非要告诉你不可——今天！

文　琪　（顽皮的歪着把耳朵稍凑近）哪……我可有点儿聋！

黄仲维　（抓住琪的脸，向她耳边大声的）我爱你，知道吗，文琪？你知道我不会说话……

文　琪　（努着嘴红着脸说不出话半天）那——那就怎么样呢？（两手掩面笑，要跑）

黄仲维　（捉住琪要放下她两手）怎样？看我……琪看我，我问你，……别这样蹩纽吧！（从后面揽住文琪）我问你，老四，你……你呢？

文　琪　（放下手转脸望黄，摇了一下头发微笑）我——我只有一点儿糊涂！

黄仲维　（高兴地）老四！你真……真……噢，（把琪的脸藏在自己的胸前感伤的吻文琪发）你，你弄得我不止有一点儿糊涂了怎么好？小四！

文　琪　（伏在黄胸前憨笑）仲维，我有一点儿想哭。（抽咽着又像是笑声）

（门开处唐元澜忽然闯入房里。）

唐元澜　今日这儿怎么了？！（忽见黄、琪两人，一惊）对不起，太高兴了忘了打门！

（仲维、文琪同时转身望唐，难为情的相对一笑。）

文　琪　（摇一摇头发，顽皮倔强的）打不打门有什么关系？那么洋派干吗？

唐元澜　（逗文琪）我才不知道刚才谁那么洋派来着，好在是我，不是你的大伯伯！

文　琪　（憨笑）元哥，你越变越坏了！（看黄微笑）

唐元澜　可不是？（忽然正经的）顶坏的还在后边，你们等着看吧！文琪，你二哥什么时候到？

黄仲维　（看表）十一点一刻。

唐元澜　为什么又改晚了一趟车？

文　琪　我也纳闷呢，从前，他一放假总急着要回家来，这半年他怎么变了，老像推延着，故意要晚点儿回来似的。

唐元澜　（看墙上画同屏风）仲维，这些什么时候画的？

黄仲维　画的？简直是瞎涂的，昨天我弄到半晚上才睡！

唐元澜　那是甜的苦工，越作越不累，是不是？

（梅真入，仍恢复平时活泼。）

梅　真　（望望画，望黄同琪）你们就挂了这么一张画？

文　琪　可不？还挂几张？

黄仲维　挂上一张就很不错了！

唐元澜　你不知道，梅真，你不知道一张画好不容易挂呢！（望琪）

梅　真　（看看各人）唐先生您来的真早！您不是说早来帮忙么？

唐元澜　谁能有黄先生那么勤快，半夜里起来做苦工！

黄仲维　老唐，今日起你小心我！

梅　真　（望两人不懂）得了，你们别吵了，唐先生，现在该轮到您赶点儿活了，（手里举着一堆小白片子）您看，这堆片子本来是请您给写一写的。（放小桌上）

唐元澜　（到小桌边看）这些不都写好了么？

梅　真　可不？（淘气的）要都等着人，这些事什么时候才完呀？四小姐，你看看这一屋子这么好？

（三小姐文霞跑进来。文霞穿蓝布夹袍，素静像母亲，但健硕比母亲高。她虽是巾帼而有须眉气概的人，天真稚气却亦不减文琪。爱美的心，倔强的志趣，高远的理想，都像要由眉宇间涌溢出来。她自认爱人类，愿意为人类服务牺牲者，其实她就是一个富于热情又富于理想的好孩子。自己把前面天线展得很长很远，一时事实上她却仍然是学校家庭中的小孩子。）

文　霞　（兴奋的）饭厅里谁插的花？简直的是妙！

（大家全看着彼此。
梅真不好意思的转去收拾屋子。）

文　琪　一定是梅真！（向梅努嘴）
文　霞　我以为或者是妈妈——那个瓶子谁想到拿来插梅花！
文　琪　那黑胆瓶呀？可不是梅真做的事。（向梅）梅真，你听听我们这热心的三小姐！怎么？梅真"烧盘儿"啦？
黄仲维　梅真今天很像一个导演家！
文　霞　嘿，梅真，你的组织能力很行呀，明日你可以到我们那剧团里帮忙！
梅　真　得了，得了，你们尽说笑话！什么导演家啦，组织能力啦，组织了半天导演了半天，一早上我还弄不动一个明星做点儿正经事！
黄仲维　好，我画了一晚上不算？今日早上还挂了一张名画呢？
梅　真　对了，这二位明星（指黄同琪）挂一张画的工夫，差点儿没有占掉整一幕戏的时候！（又指唐）那里那一位，好，到戏都快闭幕了才到场！

（大家哄然笑。）

唐元澜　你这骂人的劲儿倒真有点儿像大导演家的口气，你真该到上海电影公司里去……

梅　真　导演四小姐的恋爱小说，三小姐的宣传人道的杰作……

文　霞　梅真，你再顽皮，我晚上不帮你的忙了，你问什么社会经济问题以后我都不同你说了，省得你挖苦我宣传人道！

（宋雄入，手里提许多五彩小烛笼。）

宋　雄　四小姐，饭厅灯安好一排，您来看看！

文　琪　安好了吗？真快，我来看……

（琪下。）

黄仲维　我也去看看……

（黄随琪下。）

文　霞　宋雄！你来了，你那铺子怎样啦？

宋　　雄　三小姐，好久没有见着您，听说您总忙！您不是答应到我那铺子里去参观吗？您还要看学徒的吃什么，睡在那儿，我待他们好不好，您怎么老不来呀？

文　　霞　（笑）我过两天准来，你错待了学徒，我就不答应你！

宋　　雄　好，三小姐，这一城里成千成万的大资本家，您别单挑我这小穷掌柜的来作榜样！告诉您，我待人可真不错，刚才那小伙计送电线来，您不出去瞧瞧？吃得白胖白胖的。

唐元澜　（微笑插嘴）小电灯匠吃得白胖白胖的可不行！小心上了梯子掉下来！

宋　　雄　（好脾气的大笑，望着梅立刻敛下笑容，很庄严的）三小姐那天到我行里玩玩？买盏桌灯使？

文　　霞　好，我过两天同梅真一块儿来。

宋　　雄　（高兴向梅）梅姊，对了，你也来串串门。（急转身望梯子）这梯子要不用了，我给拿下去吧。

梅　　真　（温和的）好吧，劳驾你了。（急转脸收拾屋子）

（宋拿梯子下。）

唐元澜　我也去看看饭厅的梅花去！

梅　　真　得了，唐先生，您不是来帮忙吗？敢情是来看热闹的！

唐元澜　（微笑高兴的）也得有事给我做呀？！

梅　　真　好，这一屋子的事，还不够您做的？

187

文　霞　我也该来，来帮点儿忙了。

梅　真　三小姐，这堆片子交给您，由您分配去，吃饭分三组，您看谁同谁在一起好。就是一件。（附霞耳细语）

文　霞　这坏丫头！（笑起来，高兴的向门走）

（文霞下。

梅真独自收拾屋子不语。

唐元澜望梅，倚书架亦不语。）

梅　真　怎么了，唐先生？

唐元澜　没有怎么了，我在想。

梅　真　什么时候了，还在想！

唐元澜　我在想我该怎么办！

梅　真　什么事该怎么办？

唐元澜　所有的事！……好比……你……

梅　真　（惊异的立住）我？

唐元澜　你！你梅真，你不是寻常的女孩子，你该好好自己想想。

梅　真　我，我自己想想？……那当然，可是为什么你着急，唐先生？

唐元澜　（苦笑）我不着急，谁着急？

梅　真　这可奇怪了！

唐元澜　奇怪，是不是？世界上事情都那么奇怪！

梅　真　唐先生，我真不懂你这叫做干吗！

唐元澜　别生气，梅真，让我告诉你，我早晚总得告诉你，你先得知道我有时很糊涂，糊涂极了！

梅　真　等一等，唐先生，您别同我说这些话！有什么事您不会告诉大小姐去？

唐元澜　梅真！大小姐同我有什么关系？除掉那滑稽的误会的订婚！你真不知道，我不是来找那大小姐的，我是来这儿解释那订婚的误会的，同时我也是来找她二弟帮我忙，替你想一想法子离开这儿的。

梅　真　找二爷帮你的忙，替我想法子离开这儿？我愈来愈不明白你的话了！

唐元澜　我知道我这话唐突，我做的事糊涂，我早该说出来，我早该告诉你……（稍顿）

梅　真　我不懂你早该告诉我什么？

唐元澜　我早该告诉你，我不止爱你，我实在是佩服你，敬重你，关心你。当时我常来这儿找她们姊妹们玩，其实也就是对你……对你好奇，来看看你，认识你！一直到现在我还是一样的对你好奇，尽想来看你，认识你——平常的说法也许就是恋爱你，颠倒你。

梅　真　来看我？对我好奇？（眼睛睁得很大，向后退却）对我……？

唐元澜　你！来看你！对你好奇，我才糊糊涂涂的常来！谁知道

189

倒弄出一个大误会！大家总以为我来找文娟，我一出洋，我那可恶的刘姨就多管闲事，做主说要我同文娟订婚！这玩笑可开得狠了！弄得我这狼狈不堪的！这次回来，事情也还不好办，因为这儿的太太是大小姐的后妈，却是我的亲姑姑，我不愿意给她为难，现在就盼着二少爷回来帮帮我的忙，同文娟说穿了，然后再叫我上地狱过刀山挨点儿骂倒不要紧，要紧的是你……

梅　　真　（急得跺脚两手抱住额部，来回转）别说了，别说了，我整个听糊涂了！……你这个叫做怎么回事呀？（坐一张矮凳上，不知所措）

唐元澜　（冷静的）说得是呢？怎么回事？！（叹息）这次我回来才知道大小姐同你那样做对头，我真是糊涂，我对不起你。（走近梅真）梅真，现在我把话全实说了，你能原谅我，同情我！你……（声音轻柔的）这么聪明，你……你不会不……

梅　　真　（急打断唐的话）我，我同情你，但是你可要原谅我！

唐元澜　为什么？

梅　　真　因为我——我止是没有出息的丫头，值不得你，你的……爱……你的好奇！

唐元澜　别那样子说，你弄得我感到惭愧！现在我只等着二少爷回来把那误会的婚约弄清。你答应我，让我先帮助你离开这儿，你要不信我，你尽可让我做个朋友……我们等着二少爷。

梅　　真　（哭着拿手绢蒙脸）你别，你别说了，唐先生！你千万别跟二爷提到我！我的事没有人能帮助我的！你别同二少爷说。

唐元澜　为什么？为什么别跟二少爷提到你？（疑心想想，又柔声的问）你不知道他是一个很能了解人情的细心人？他们家里的事有他就有了办法吗？

梅　　真　（擦眼泪频摇头）我不知道，你别问我！你就别跟二少爷提到我就行了！你要同大小姐退婚，自己快去办好了！（起立要走）那事我很同情你的，不信问四小姐。（又哭拭眼泪）

唐元澜　梅真，别走！你上那儿去？我不能让你这样为难！我的话来得唐突，我知道！可是现在我的话都已经实说出来了，你，你至少也得同我说真话才行！（倔强的）我能不能问你，为什么你叫我别对二少爷提到你？为什么？

梅　　真　（窘极摇头）不为什么！不为……

唐元澜　梅真，我求你告诉我真话。（沉着严重的）你得知道，我不是个浪漫轻浮的青年人，我已经不甚年青，今天我告诉你，我爱你，我就是爱你，无论你爱不爱我！现在我只要求你告诉我真话。（头低下去，逐渐了解自己还有自己不曾料到的苦痛）你不用怕，你尽管告诉我，我至少还是你的朋友，盼望你幸福的人。

梅　　真　（始终低头呆立着咬手绢边，至此抿紧了口唇，翻上含泪的眼向唐）我感激你，真的，我，我感激你……

191

唐元澜　（体贴的口气）为什么你不愿意我同文靖提到你？

梅　真　因为他——他——（呜咽的哭起来）我从小就在这里，我……我爱……我不能告诉你……

唐元澜　（安静的拍梅肩安慰的）他知道么？

梅　真　我就是不知道他知道不知道呀！（又哭）他总像躲着我……这躲着我的缘故，我也不明白……又好像是因为喜欢我，又好像是怕我——我——我真苦极了……（又蒙脸哭）

唐元澜　梅真！你先别哭，回头谁进来了……（四面张望着拉过梅真到一边）好孩子，别哭，恋爱的事太惨了，是不是？（叹口气）不要紧，咱们两人今天是同行了。（自己低头，掏出手绢擤鼻子，又拿出烟点上，嘴里轻轻说）我听见窗子外面有人过去，快把眼睛擦了！

（窗外许多人过去，仲维、文琪同文霞的声音都有。）

荣　升　二少爷的火车是十一点一刻到。

黄仲维　雇几辆洋车？都谁去车站接二哥？

文　霞　还有我……

文　琪　我也去接二哥！

黄仲维　快，现在都快十点半了！

（唐静静的抽着烟，梅真低头插瓶花，整理书架。）

窗　外　二爷火车十一点一刻到,是不是?

又　还有三刻钟了,还不快点儿?

(梅又伏桌上哭,唐不过意的轻拍梅肩,门忽轻轻推开,大小姐文娟进来,由背后望着他们。窗外仍有嘈杂声。)

窗　外　接二哥去……快吧……

(幕下)

第三幕

出台人物（按出台先后）

　　　　大小姐　文娟（曾出台）

　　　　李二太太　李琼（娟继母）（曾出台）

　　　　张爱珠　文娟友（曾出台）

　　　　四小姐　文琪（曾出台）

　　　　仆人　荣升（曾出台）

　　　　二少爷　文靖　初由大学校毕业已在南方工厂供
　　　　　　　　　职一年的少年

　　　　三小姐　文霞（曾出台）

　　　　梅真　李家丫头（曾出台）

地　　点　三小姐、四小姐共用的书房

时　　间　与第二幕同日，下午四点钟后

　　同一个房间，早上纷乱的情形又归恬静。屋子已被梅真同文琪收拾得成所谓未来派的吃烟室。墙上挂着新派画，旁边有一个比较怪诞的新画屏风。矮凳同靠垫同其他沙发、椅子分成几组，每组有他中心的小茶几，高的、矮的，有红木的，有雕漆的，圆的同方的。家具显然由家中别处搬来，茶几上最主要的摆设是小

盏纱灯同烟碟。书架上窗子前均有一种小小点缀。最醒目的是并排的红蜡烛。近来女孩子们对于宴会显然受西洋美术的影响，花费她们的心思在这种地方。

幕开时天还没有黑，阳光已经有限，屋中似乎已带点儿模糊。大小姐文娟坐在一张小几前反复看一封短短的信。

文　娟　（自语）这真叫人生气！今早的事，我还没有提出，他反如此给我为难！这真怪了，说得好好随他来，现在临时又说不能早来！这简直是欺侮我！（皱眉苦思）今晚他还要找我说话，不知要说什么？……难道要同我提起梅真？（不耐烦的起立去打电话）喂，东局五三四〇，哪儿？喂，唐先生在家么？我李宅，李小姐请他说话……（伸头到处看有没有人）……喂，元澜呀？我是娟，对了……你的信收到了，我不懂？干吗今晚不早来跳舞？为什么你愈早来，愈会妨碍我的愉快？怎么这算是为我打算！什么？晚上再说？这样你不是有点儿闹蹩纽，多成心给人不高兴？……人……人家好意请你……你自己知道对不起人，那就不要这样，不好么？你没有法子？为什么没有法子？晚上还是不早来呀？那……那随你。（生气的将电话挂上，伏在桌上哭，又擦擦眼泪欲起又怔着）

（妈妈李琼走进屋子，望见文娟哭，惊讶的退却，又换个主意仍然进来。)

李　琼　(装作未见娟哭)这屋子排得倒挺有意思!

(娟低头拭泪不答。)

李　琼　(仍装作未见)到底是你们年轻人会弄……

(娟仍不语。)

李　琼　娟娟,这趟二弟回来,你看是不是比去年显着胖一点儿?(望见娟不语)我真想不到他在工厂里生活那么苦,倒吃胖了,这倒给我这做父母的一个好教训。我自己寻常很以为我没有娇养过孩子,就现在看来我还应该让你们孩子苦点儿才好?(偷看文娟,见她没有动静)你看,你们这宴会,虽然够不上说奢侈,也就算是头等幸福。这年头挨饿的不算,多数又多数的人是吃不得饱的,这个有时使我很感到你们的幸福倒有点儿像是罪过!(见到娟总不答应,决然走到她背后拍着她)娟娟,怎么了?热闹的时候又干吗生气?

文　娟　(梗声愤愤的)谁,……谁愿意生气?!

李　琼　娟,妈看年轻的时光里不值得拿去生气的!昨晚上,我听你睡得挺晚,今晚你们一定会玩到更晚,小心明天又闹头痛!

（娟索性哭起来。）

李　琼　别哭别哭，回头眼睛哭红了不好看，到底什么事，能告诉我吗？

文　娟　（气愤的抬头告诉李琼）元澜今晚要丢我的面子！他，他说他不能早来，要等很晚才到，吃饭的时候人家一定会奇怪的，并且妈不是答应仲维同老四今晚上宣布他们的婚约吗？

李　琼　元澜早来晚来又有什么关系？

文　娟　怎么没有关系？！并且，我告诉妈吧，梅真太可恶了！

李　琼　（一惊）梅真怎么了？

文　娟　怎么了？！妈想吧！一直从元澜回来后，她总是那么妖精似的在客人面前讨好，今早上我进这屋子正看见她对元澜不知哭什么！元澜竟然亲热的拿手搭在她背上，低声细语的在那儿安慰她！我早就告诉妈，梅真要不得！

李　琼　（稍稍思索一下）在你们新派人的举动里，这个也算不得什么了不得的事！这也不能单怪梅真。（用劝告口气）我看娟娟，你若是很生气元澜，你们那婚约尽可以"吹"了，别尽着同元澜生气下去，好又不好，吹又不吹的僵着！婚姻的事不能勉强的，你得有个决心才好。

文　娟　他，他蹓了人，我怎么不生气！

李　琼　他要真不好，你生他的气又有什么用？还不如大家客客气

文　娟　气的把话说开了,解除了这几年口头上的婚约,大家自由。

文　娟　这可便宜了他!

李　琼　这叫什么话,娟?你这样看法好像拿婚姻来同人赌气,也不顾自己的幸福!这是何苦来?你要不喜欢他,或是你觉得他对不起你,那你们只好把从前那事吹了,你应该为自己幸福打算。

文　娟　这样他可要得意了!他自己素来不够诚意,"蹓"够了人家,现在我要提出吹了婚约的话,他便可以推在我身上说是我蹓了他!

李　琼　什么是谁"蹓"了谁!如果合不来,事情应该早点儿解决,我看,婚姻的事很重大,不是可以随便来闹意气的。你想想看,早点儿决定同我说。你知道,我多担心你这事!

文　娟　那么,梅真怎么样?她这样可恶,您也不管吗?

李　琼　梅真的事我得另外问问她,我还不知道她到底做了些什么不应该的事。

文　娟　我不是告诉您了么,她对元澜讨好,今早我亲眼看到他们两人在这屋子里要好得了不得样子……

李　琼　这事我看来还是你自己决定,如果你不满元澜对你的态度,你就早点儿同他说,以后你们的关系只算是朋友,从前的不必提起,其他的事根本就不要去管它了。

文　娟　您尽在我同元澜的关系一点上说,梅真这样可恶荒唐,您就不提!

李　琼　老实说，娟，这怎样又好算梅真的荒唐可恶呢？这事本该是元澜负点儿责！现在男女的事情都是自己自由的，我们又怎样好去禁止谁同谁"讨好"？

文　娟　好，我现在连个丫头都不如了！随便让她给侮辱了，我只好吞声下气的去同朋友解除婚约！我反正只怪自己没有嬷，命不好……

李　琼　娟，你不能对我这样说话！（起立）我自认待你一百分的真心。你自小就为着你的奶奶总不听我的话，同我种种为难，我对你总是很耐烦的。今天你这么大了，自己该有个是非的判别力！据我的观察，你始终就不很喜欢元澜的，我真不懂你为什么不明白的表示出来？偏这样老生气干吗？

文　娟　谁说过我不喜欢元澜？

李　琼　我说据我的观察。我也知道你很晓得他学问好，人品好，不过婚姻不靠着这种客观的条件。在性情上你们总那么格格不入，这回元澜由国外回来，你们两人兴趣越隔越远……

文　娟　反正订婚的事又不是我的主张！本来是他们家提的不是；现在他又变心了，叫我就这样便宜了他，我可没有那么好人！

李　琼　娟，这是何苦来呢？

文　娟　我不知道！（生气的起立）我就知道，我要想得出一个法子，我一定要收拾收拾梅真，才出得了我这口气。我恨透了梅真！当时我就疑心元澜有点儿迷糊她。

李　琼　你早知道了，为什么你答应同元澜订婚？

文　娟　就是因为我不能让梅真破坏我同元澜的事！

李　琼　娟，你这事真叫我着急，你这样的脾气只有给自己苦恼，你不该事事都这样赌气似的来！

文　娟　事事都迫着我赌气么！这梅真简直能把我气死，一天到晚老像反抗着我。明明是丫头而偏不服！本来她做丫头又不是我给卖掉的，也不是我给买来的，她对我总是那么一股子恨！

李　琼　她这点子恨也许有一点儿，可是你能怪得她么？记得当时奶奶在时你怎样地压迫她，怎样地使她的念书问题变得格外复杂？当时她岁数还小，没有怎样气，现时她常常愤慨她的身世，怀恨她的境遇感到不平……不过她那一点儿恨也不尽是恨你……

文　娟　我又怎样的压迫她？她念书不念书怎么又是我负责？

李　琼　当然我是最应该负责的人，不过当时她是你奶奶主张买来的，又交给我管，一开头我就知道不好办，过去的事本来不必去提它，不过你既然问我，我也索性同你说开，当时我主张送她到学堂念书，就是准备收她作干女儿，省得委曲她以后的日子。我想她那么聪明，书总会念得好。谁知就为着她这聪明，同你一块儿上学，功课常比你的好，你就老同她闹，说她同你一块儿上学，叫你不好看。弄到你奶奶同我大生气，说我做后嬷的故意如此，叫你不好过。这样以后我才把她同你姊妹们分开，处处看待

　　　　她同看待你们有个不同，以示区别……

文　娟　奶奶当时也是好意，她是旧头脑，她不过意人家笑话我同丫头一起上学……那时二弟上的是另外一个学堂，三妹、四妹都没有上学，就是我一人同梅真。

李　琼　就为得这一点，我顺从了你奶奶意思，从此把梅真却给委曲了！到了后来我不是把梅真同三妹、四妹也同送一个学堂，可是事事都成了习惯，她的事情地位一天比一天不好办，现在更是愈来愈难为情了！老实说，我在李家做了十来年的旧式儿媳妇，事事都顺从着大人的主意，我什么都不懊悔，就是梅真这桩事，我没有坚持我的主张，误了她的事，现在我总感到有点儿罪过……

文　娟　我不懂您说的什么事一天比一天的不好办，愈来愈难为情？

李　琼　你自己想想看！梅真不是个寻常的女孩子，又受了相当高的教育，现在落个丫头的名义，她以后怎么办？当时在小学校时所受的小小刺激不算，后来进中学，她有过朋友不能请人家到家里来，你们的朋友她得照例规规矩矩的拿茶，拿点心，称先生，称小姐——那回还来过她同过学的庄云什么，你记得么？她就不感到不公平，我们心里多感到难为情？……现在她也这么大了，风气同往前更不同了，她再念点儿新思想的书……你想……

文　娟　那是三妹在那儿宣传她的那些社会主义！

李　琼　这也用不着老三那套社会主义，我们才明白梅真在我们这里有许多委曲不便的地方！就拿今天晚上的请客来说吧，到时候她是不是可以出来同你们玩玩？……

文　娟　对了，（生气的）今天晚上怎么样？四妹说妈让梅真出来做客——是不是也让她跳舞？……要是这样，我干脆不用出来了……这明明是同我为难！

李　琼　（叹口气）一早上我就为着这桩事七上八下的，想同你商量，我怕的就是你不愿意，老三、老四都说应该请梅真。

文　娟　那您又何必同我商量？您才不用管我愿意不愿意呢！

李　琼　娟，我很气你这样子说话！你知道，我就是常常太顾虑了你愿意不愿意，才会把梅真给委曲了，今晚上的宴会，梅真为你们姊妹忙了好多天，你好意思不叫她出来玩玩？她也该出来同你们的朋友玩玩了。

文　娟　这还用您操心，（冷冷的）分别不过在暗同明的就是了。今早上她不是同元澜鬼混了一阵子么？（哭）反正，我就怪我没有嬷……

李　琼　娟，你只有这么一个病态心理吗？为什么你不理智一点儿，客观一点儿，公平一点儿看事！……我告诉你，我要请梅真出来做客是一桩事，你同元澜合得来合不来又是一桩事，你别合在一起闹。并且为着保护你的庄严，你既不满意元澜，你该早点儿同他说穿了，除掉婚约。别尽着同他蹩纽，让他先……先开口……我做妈的话也只能说到这里了。

（娟委屈伤心的呜咽着哭起来。）

李　琼　（不过意地走到娟身旁，坐下一臂揽住文娟，好意地）好孩子，别这样，你年纪这么轻，幸福，该都在前头呢，元澜不好，你告诉他……别叫人笑话你不够大方……对梅真我也希望你能厚道一点儿……

（爱珠忽然走进来。）

张爱珠　（惊愕的）文娟怎么了？
李　琼　张小姐你来得正好，娟娟有点儿不痛快，你同她去洗洗脸……一会儿就要来客了不是？娟，今晚上你们请客几点来？
文　娟　六点半……七点吧……反正我不出来了。
张爱珠　娟娟，怎么啦？（坐娟旁）
李　琼　（起立）张小姐你劝劝她吧，本来也不是什么大事情，我今晚决定请梅真出来做客，趁这机会让我表白一下我们已经同朋友一样看待她。你是新时代人，对于这点一定赞成的，晚上在客人眼前一定不会使梅真有为难的地方。（起立要走）
张爱珠　伯母今晚请梅真做客，这么慎重其事的，（冷笑）那我们都该是陪客了，怎么敢得罪她！
李　琼　（生气正色的）我不是说笑话，张小姐，我就求你们年轻人厚道一点儿，多多帮点儿忙……

（娟暗中拉爱珠衣袖。

琼下。）

张爱珠　怎么了，娟？
文　　娟　怎么了？这是我的命太怪，碰上这么个梅真！大家近来越来越惯她，我想不到连妈都公然护着她，并且妈妈明明听见了我说元澜有点儿靠不住……今早上他们那样子……
张爱珠　我不懂元澜怎么靠不住？
文　　娟　你看不出来元澜近来的样子在疯谁？他常常盯着眼看梅真的一举一动，没有把我气死！今早上……

（外面脚步响。）

张爱珠　（以手指放唇上示意叫文娟低声）唏！外面有人进来，我们到你屋子去讲吧……

（娟回头望门，外面寂然。）

文　　娟　回头我告诉你……
张爱珠　（叹口气向窗外望，又回头）娟，我问你，我托你探探你二弟的口气，你探着什么了没有？

文　娟　二弟的嘴比蜡封的还紧，我什么也问不出来。据我看，他也不急着看璨璨……

张爱珠　得了，我也告诉你，我看，也是梅真的鬼在那儿作怪，打吃午饭时起，我看你二弟同梅真就对怔着，也不知是什么意思……

（外面又有语声，两人倾耳听。）

文　娟　我们走吧，到我屋子去……

（荣升提煤桶入。）

文　娟　什么事，荣升？
荣　升　四小姐叫把火添得旺旺的，今儿晚上要屋子越热越好。
张爱珠　我们走吧！

（娟、珠同下。）

荣　升　（独弄火炉，一会儿又起立看看屋子，对着屏风）这也不叫着什么？（又在几个小凳上试试。屋子渐来渐黑）这天黑得真早！（荣升又去开了开小灯，左右回顾才重新

到火炉边弄火炉）

　　（小门开了，四小姐文琪肩上披着白毛巾散着显然刚洗未干的头发进来。）

荣　升　四小姐，是您呀？
文　琪　荣升，火怎样了？
荣　升　我这儿正通它呢！说话就上来。
文　琪　荣升，今晚上，今晚上你同梅真说话客气点儿!
荣　升　我们"多会儿"说话都是客客气气的……人家是个姑娘……
文　琪　不是为别的，今晚上太太请梅真出来做客，你们就当她是一位客人，好一点儿，你知道她也是我的一个同学。
荣　升　反正，您是小姐，您要我们怎样，我们一定得听您的话的，可是四小姐……我看（以老卖老的）您这样子待她，对她也没有什么好处……
文　琪　为什么？你的话我不懂！（走近火炉烤头发）
荣　升　您想吧，您越这样子待她，不是越把她眼睛提得老高，往后她一什么，不是高不成，低不就，不落个空么？
文　琪　我不懂，这个怎讲？
荣　升　就说那德记电料行宋掌柜的，说话就快有二年了！
文　琪　宋掌柜又怎么了，什么快有二年了？
荣　升　（摩擦两掌吞吞吐吐的）那小宋不尽……等着梅真答

应……嫁给他吗?

文　琪　（惊讶的）小宋等……等……梅真?

荣　升　说得是呢,那不是挺"门当户对"的。梅真就偏不给他个回话,人家也就不敢同二太太提。那天我媳妇还说呢,她说,要么她替宋掌柜同太太小姐们说说好话,小宋也没有敢让我们来说话。今儿我顺便就先给您说一下子……

（小门忽然推开,文靖——刚回家的二少爷——进来。文靖像他一家子人,也是有漂亮的体格同和悦的笑脸的。沉静处,他最像他母亲,我们奇怪的是在他笑悦的表情底下,却蕴住与他不相宜的一种忧郁,这一点令人猜着是因为他背负着一个不易解决的问题所致,而不是他性情的倾向。）

文　靖　（亲热淘气的）怎样?
文　琪　（向荣升）你去吧,快点儿再去别的屋子看看炉子。
荣　升　好吧,四小姐。

（荣匆匆下。）

文　靖　（微笑）荣升还是这个样子,我总弄不清楚他是个好人还是个坏人!（重新淘气的）怎样?我看你还是让我跟你刷头发吧!

文　琪　二哥，我告诉你了，你去了一年，手变粗了，不会刷头发了，我不要你来弄我的头！

文　靖　别那么气我好不好？你知道我的手艺本来就高明，经过这一年工厂里的经验，弄惯了顶复杂的机器，我的手更灵敏了许多……

文　琪　得了，我的头可不是什么复杂的机器呀！

文　靖　（笑逗琪）我也知道它不复杂，仅是一个很简单的玩艺儿！

文　琪　二哥你真气人！（用手中刷子推他）你去吧，你给自己去打扮打扮，今晚上有好几位小姐等着欢迎你呢！去吧，我不要你刷我的头发。……

文　靖　（把刷子夺过举得高高的）我真想不到，我走了一年，我的娇嫩乖乖的小妹妹，变成了这么一个凶悍泼赖的"娘们儿"！

文　琪　你真气死我啦！

文　靖　别气，别气，气坏了，现在可有人会不答应我的……

文　琪　（望靖，正经的）二哥，……二哥……，你还没有告诉我，你喜欢不喜欢仲维呢？……（难为情的）二哥，你得告诉我真话……

文　靖　（亲热怜爱的）老四，你知道我喜欢仲维，看样子他很孩子气，其实我看他很有点儿东西在里面，现在只看他怎样去发展他那点子真玩艺儿……

文　琪　我知道，我知道，我看我们这许多人里，顶算他有点儿，有点儿真玩艺儿，二哥，你也觉得这样，我太高兴了……

今晚上我们就宣布订婚的事。

（两人逐渐走近火炉边。）

文　靖　（轻轻的推着琪）高兴了，就请你坐下，乖乖的让我替你刷头发……做个纪念，以后嫁了就轮不到哥哥了！

文　琪　（笑）二哥，你真怪物，为什么，你这么喜欢替我刷头发？

文　靖　这个你得问一个心理学家，我自己的心理分析是：一个真的男性他一定喜欢一件极女性的柔媚的东西，我是说天然柔媚的东西，不是那些人工的，侈奢繁腻的可怕玩艺儿！（刷琪发）

文　琪　吓！你轻一点儿……

文　靖　对不起，（又刷琪发）这样子好不好？我告诉你，不知为甚么，我觉得刚洗过的女孩子的头发，表现着一种洁净，一种温柔，一种女性的幽美，我对着它会起一种尊敬，又生一种爱，又是审美的，又是近人性的……并且在这种时候，我对于自己的性情也就感到一种和谐的快活。

文　琪　真的么？二哥。

文　靖　你看，（一边刷头发）我忘了做男子的骄傲，把他的身边的情绪对一个傻妹妹说，她还不信！

文　琪　二哥，我还记得从前你喜欢同人家打辫子，那时候我们都剪了头发，就是梅真有辫子……我们都笑你同丫头好，

　　　　　你就好久好久不理梅真……

文　靖　（略一皱眉）你还记得那些个，我都忘了！（叹口气）我抽根烟好不好？哪，（把刷子递给琪）你自己刷一会儿，我休息一下子……

文　琪　（接刷子起立）好，就刷这几下子！（频频打散头发摇下水花）二哥，你到底有几天的假？

文　靖　不到十天。

文　琪　那为什么你这么晚才回来，不早点儿赶来，我们多聚几天？你好像不想回家，怕回家似的。

文　靖　我，我真有点儿怕么！

文　琪　（惊奇的）为什么？

文　靖　老四，你真不知道？

文　琪　不知道什么？我不懂！

文　靖　我怕见梅真……

文　琪　（更惊讶的）为什么，二哥？

文　靖　（叹口气，抽两口烟，默然一会儿）因为我感到关于梅真，我会使妈妈很为难，我不如早点儿躲开点儿，我决定我不要常见到梅真倒好。

文　琪　二哥！你这话怎么讲？

文　靖　（坐下，低头抽烟）老四，你不……不同情我么？（打打烟灰）有时我觉到很苦痛——或者是我不够勇敢。

文　琪　（坐到靖旁边）二哥，你可以全告诉我吗？我想……我能够完全同情你的，梅真实在能叫人爱她……（见靖无言）现在你说了，我才明白我这人有多糊涂！我真奇怪我怎么没想到，我早该看出你喜欢她……可是有一时你似乎喜欢璨璨——你记得璨璨吗？我今晚还请了她。

文　靖　（苦笑）做妹妹的似乎比做姐姐的糊涂多了。大姐早就疑心我，处处盯着我，有一时我非常的难为情。她也知道我这弱点，更使得我没有主意，窘透了，所以故意老同璨璨在一起，（掷下烟，起立）老四，我不知道你怎样想……

文　琪　我？我……怎样想？

文　靖　我的意思是：我不知道你是不是也感到如果我同梅真好，这事情很要使妈妈苦痛，（急促的）我就怕人家拿我的事去奚落她，说她儿子没有出息，爱上了丫头。我觉得那个说法太难堪；社会上一般毁谤人家的话，太使我浑身起毛栗。就说如果我真的同梅真结婚，那更糟了，我可以听到所有难听的话，把梅真给糟蹋坏了……并且妈妈拿我这儿子看得那么重，我不能给人机会说她儿子没有骨气，（恨恨的）我不甘心让大伯孃那类人得意的有所借口，你知道么？老四！

文　琪　现在我才完全明白了！……怪不得你老那样极力地躲避着梅真。

文　靖　我早就喜欢她，我告诉你！可是我始终感到我对她好只会给她苦痛的，还要给妈妈个难题，叫她为我听话受气，所以我就始终避免着，不让人知道我心里的事儿，（耸一

211

耸肩）只算是给自己一点点苦痛。（支颐沉思）

文　琪　梅真她不知道吗？

文　靖　就怕她有点疑心！或许我已经给了她许多苦痛也说不定。

文　琪　也许，可是我倒没有看出来什么……我也很喜欢梅真，可是我想要是你同她好，第一个，大伯伯一定要同妈妈闹个天翻地覆，第二个是大姊，一定要不高兴，更加个爱传是非的大伯嬢，妈妈是不会少麻烦的。可是刚才我刚听到一桩事，荣升说梅真……什么她……（有点儿不敢说小宋求婚的事）

文　靖　梅真怎么了？（显然不高兴）

文　琪　荣升说……

（张爱珠盛妆入。）

张爱珠　嘿，你们这里这么黑，我给你们开盏灯！

文　琪　（不耐烦的同靖使个眼色）怎么你都打扮好了！这儿可不暖和呀。

张爱珠　（看靖）我可以不可以叫你老二？你看，这儿这个叫你二哥那个叫你二弟的，我跟着那个叫都不合适！（笑眯眯的，南方口音特重）老二，你看，我这副镯子好不好？（伸手过去）

文　靖　（客气的）我可不懂这个。

张爱珠　你看好不好看呢？

文　靖　当然好看！

张爱珠　干吗当然？

文　靖　（窘）因为当然是应该当然的！

张爱珠　（大笑）你那说话就没有什么诚意！……嘿，老四你知道，你大姐在那儿哭吗？

文　琪　她又哭了，我不知道，反正她太爱哭。

张爱珠　这个你也不能怪她，（望一望靖）她今早上遇到元澜同梅真两人在这屋子里，也不知是怎样的要好，亲热极的那样子——她气极了。

文　琪　什么？不会，不会，一定不会的！

张爱珠　嘿，人家自己看见了，还有错么？你想。

（琪望靖，靖转向门。）

文　靖　你们的话，太复杂了，我还是到屋里写信去吧，说不定我明天就得走！

文　琪　二哥，你等等……

文　靖　不行，我没有工夫了。

（靖急下。）

张爱珠　（失望的望着靖的背影）你的二哥明天就走？

文　琪　不是我们给轰跑的吗？爱珠，大姐真的告诉你那些话么？

张爱珠　可不真的！难道我说瞎话？

文　琪　也许她看错了，故意那么说，因为她自己很不喜欢元哥！

张爱珠　这个怎样会看错？我真不懂你怎么看得梅真那么好人！你妈说今晚要正式请梅真在这儿做客，好让她同你们平等，我看她以后的花样可要多了。说不定仲维也要让她给迷住！

文　琪　爱珠！你别这样子说话！老实说，梅真实在是聪明，现在越来越漂亮，为什么人不能喜欢她？（笑）要是我是男人，也许我也会同她恋爱。

张爱珠　（冷笑）你真是大方，随便可以让姊姊的同自己的好朋友同梅真恋爱，梅真福气也真不坏！

文　琪　得了吧，我看她就可怜！

（文霞拉着梅真上。）

文　霞　梅真真气人，妈请她今天晚上一定得出来做客，她一定不肯，一定要躲起来。

张爱珠　梅真，干吗这样子客气，有人等着要人同你恋爱呢，你怎么要跑了，叫人失恋！

梅　真　张小姐，您这是怎么讲？

文　霞　（拉着梅真）梅真，你管她说什么！我告诉你，你今天晚上就得出来，你要不出来，你就是不了解妈妈的好意，对不起她。你平日老不平社会上的阶级习惯，今天轮到你自己，你就逃不出那种意识，介意这些个，多没有出息！

文　琪　梅真，要是我是你，我才不躲起来！

梅　真　（真挚的带点儿咽哽）我不是为我自己，我怕有人要不愿意，没有多少意思。

张爱珠　（向梅真）你别看我不懂得你的意思！大小姐今天晚上还许不出来呢，你何苦那么说。反正这太不管我的事了，这是你们李家的纠纷……

文　霞　怎么？大姊今晚上真不出来吗？那可不行，她还请了好些个朋友，我们都不大熟的……

张爱珠　那你问你大姊去，我可不知道，老实说我今天听了好些事，我很同情她……

（爱珠向着门，扬长而去。）

梅　真　你们看，是不是？我看我别出来吧，反正我也没有什么心绪……

文　琪　三姊，我们同去看大姊去吧，回头来了客，她闹起蹩纽来多糟糕！

文　霞　（回头）梅真，你还是想一想，我劝你还是胆子大一点儿，装做不知道好！今天这时候正是试验你自己的时候……

梅　真　好小姐，你们快去看大小姐吧，让我再仔细想，什么试验不试验的，尽是些洋话！

（琪、霞同下，梅起灭了大灯，仅留小桌灯，独坐屏风前小角隅里背向门，低头啜泣。门轻轻的开了，文靖穿好晚服的黑裤白硬壳衬衫，黑领结打了一半，外面套着暗色呢"晨衣"Dressing-Gown[①]进来。）

文　靖　老四，给我打这鬼领带……那儿去啦？……（看看屋子没有人，伸个懒腰垂头丧气的坐在一张大椅上，拿出根烟抽，又去寻洋火起立在屋中转，忽见梅真）梅、梅真……你在这儿干吗？

梅　真　（拭泪起立强笑）好些事，坐在这里想想……

文　靖　（冷冷的）那么对不起，打扰了！我进来时就没有看见你。

梅　真　你什么时候都没有看见我……

文　靖　（一股气似的）为什么我要特别注意你？……

梅　真　（惊讶的瞪着眼望着）谁那样说啦？那有那样话的，靖爷！（竭力抑制住）我的意思是你走了一年……今天回来了……谁都高兴，你……你却那样好像……好像不理人似的，叫人怪难过的！（欲哭又止住眼泪）

文　靖　我不知道怎样才叫理人？也许你知道别位先生们怎样理

[①] Dressing-Gown：意为晨衣，指起床后穿在睡衣外的宽松外衣，此处又指宽松的长礼服。——编者注

你法子，我就不会那一套……

梅　真　（更惊讶靖的话）靖爷！你这话有点儿怪！素常你不爱说话，说话总是顶直爽的，今天为什么这样讲话？

文　靖　你似乎很明白，那不就得了么？更用不着我直爽了！

梅　真　（生气的）我不懂你这话，靖爷，你非明说不可！

文　靖　我说过你明白就行了，用不着我明说什么，反正我明天下午就走了，你何必管我直爽不直爽的！你对你自己的事自己直爽就行了。虽然有时候我们做一桩事，有许多别人却为着我们受了一些苦处……不过那也是没有法子的事！

梅　真　（带哭声）你到底说什么？我真纳闷死了！我真纳闷死了。（坐椅上伏椅背上哭起来）

（靖有点儿不过意，想安慰梅，走到她旁边，又坚决的转起走开。文琪入。）

文　琪　二哥，（见哭着的梅真）怎么了？

梅　真　（抬头望琪）四小姐，你快来吧，你替我问问靖爷到底怎么了，我真不懂他的话！

文　琪　（怔着望文靖不知所措）二哥！

文　靖　老四，不用问了！我明天就走，一切事情我都可以不必再关心了，就是妈妈我也交给你照应了……

文　琪　二哥！

217

（文靖绷紧着脸匆匆走出。）

梅　真　四小姐！

文　琪　梅真！到底怎么了？

梅　真　我就不明白，此刻靖爷说的话我太不懂了……

文　琪　他同你说什么呢？

梅　真　我一个人坐在这里，他，他进来了起先没有看见我，后来看见了，尚冷冷的说对不起他打扰了我……我有点儿气他那不理人的劲儿，就说他什么时候反正都像不理人……他可就大气起来问我怎样才叫理人！又说什么也许我知道别位先生怎样理我法子，他不懂那一套……我越不懂他的话，他越……我真纳闷死了！

文　琪　（怔了这许久）我问你梅真，元哥同你怎么啦？今早上你们是不是在这屋子里说话？

梅　真　今早上？噢，可是你怎么知道，四小姐？

文　琪　原来真有这么一回事！（叹口气）张爱珠告诉我的，二哥也听见了。爱珠说大姊亲眼见到你同元哥……同元哥……

梅　真　（急）可是，可是我没有同唐先生怎样呀！是他说，他，他……对我……

文　琪　那不是一样么？

梅　真　（急）不一样么？不一样么？（哭声）因为我告诉他，我爱另一个人，我只知道那么一个人好……

文　琪　谁？那是谁？

梅　真　（抽噎着哭）就是，就是你这二哥！

文　琪　二哥？

梅　真　（仍哭着）可是，四小姐你用不着着急，那没有关系的，我明天就可以答应小宋……去做他那电料行的掌柜娘！那样子谁都可以省心了……我不要紧……

文　琪　（难过的）梅真！你不能……

梅　真　我怎么不能，四小姐？（起立拭泪）你看着吧！你看……看着吧！

文　琪　梅真！你别……你……

（梅真夺门出，琪一人呆立片刻，才丧气地坐下以手蒙脸。）

（幕下）

（以上三幕原载于1937年5月1日、6月1日、7月1日的《文学杂志》第1卷第1期、第2期、第3期）

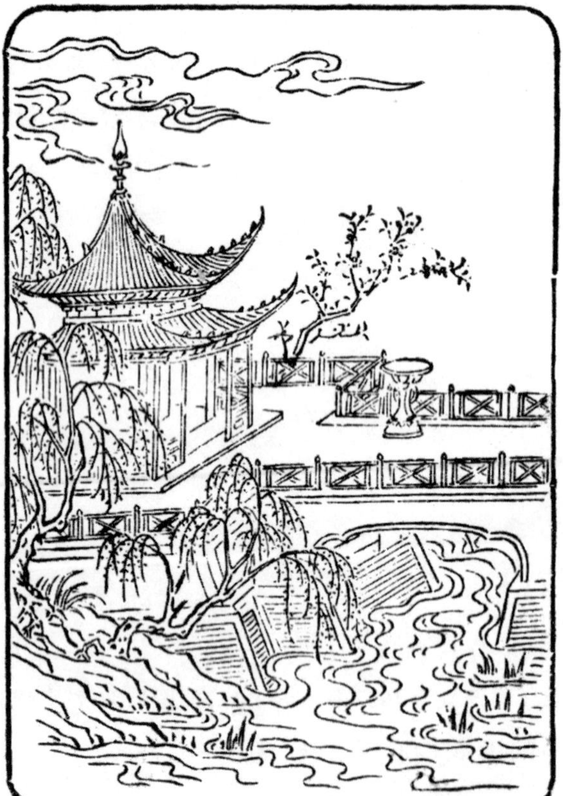

译文

白色的残月听见，忘记天晓，挂在空中停着。那红玫瑰听见，凝神战栗着，在清冷的晓风里瓣瓣的开放。回音将歌声领入山坡上的紫洞，将牧童从梦里惊醒。歌声流到河边苇丛中，苇丛将这信息传与大海。

夜莺与玫瑰
——奥司克·魏尔德[①]神话

"她说我若为她采得红玫瑰，便与我跳舞。"青年学生哭着说，"但我全园里何曾有一朵红玫瑰。"

夜莺在橡树上巢中听见，从叶丛里往外看，心中诧异。

青年哭道："我园中并没有红玫瑰！"他秀眼里满含着泪珠。"呀！幸福倒靠着这些区区小东西！古圣贤书我已读完，哲学的玄秘，我已彻悟，然而因为求一朵红玫瑰不得，我的生活便这样难堪。"

夜莺叹道："真情人竟在这里。以前我虽不曾认识，我却夜夜的歌唱他：我夜夜将他的一桩桩事告诉星辰，如今我见着他了。他的头发黑如风信子花，嘴唇红比他所切盼的玫瑰，但是挚情已使他脸色憔悴，烦恼已在他眉端印着痕迹。"

---

① 奥司克·魏尔德：今译为奥斯卡·王尔德。——编者注

青年又低声自语："王子今晚宴会跳舞，我的爱人也将与会。我若为她采得红玫瑰，她就和我跳舞直到天明，我若为她采得红玫瑰，我将把她抱在怀里，她的头，在我肩上枕着，她的手，在我掌中握着。但我园里没有红玫瑰，我只能寂寞的坐着，看她从我跟前走过，她不睬我，我的心将要粉碎了。"

"这真是个真情人。"夜莺又说着，"我所歌唱，是他尝受的苦楚：在我是乐的，在他却是悲痛。'爱'果然是件非常的东西。比翡翠还珍重，比玛瑙更宝贵。珍珠，榴石买不得它，黄金亦不能作它的代价，因为它不是在市上出卖，也不是商人贩卖的东西。"

青年说："乐师们将在乐坛上弹弄丝竹，我那爱人也将按着弦琴的音节舞蹈。她舞得那么翩翩，莲步都不着地，华服的少年们就会艳羡的围着她。但她不同我跳舞，因我没有为她采到红玫瑰。"于是他卧倒在草里，两手掩着脸哭泣。

绿色的小壁虎说："他为什么哭泣？"说完就竖起尾巴从他跟前跑过。

蝴蝶正追着太阳光飞舞，她亦问说："唉，怎么？"金盏花亦向他的邻居低声探问道："唉，怎么？"夜莺说："他为着一朵红玫瑰哭泣。"

他们叫道："为着一朵红玫瑰！真笑话！"那小壁虎本来就刻薄，于是大笑。

然而夜莺了解那青年烦恼里的秘密，她静坐在橡树枝上细想"爱"的玄妙。

忽然她张起棕色的双翼,冲天的飞去。她穿过那树林如同影子一般,如同影子一般的,她飞出了花园。

草地当中站着一株绝美的玫瑰树,她看见那树,向前飞去落在一枝枝头上。

她叫道:"给我一朵鲜红玫瑰,我为你唱我最婉转的歌。"

可是那树摇头。

"我的玫瑰是白的。"那树回答她,"白如海涛的泡沫,白过山巅上积雪。请你到古日规旁找我兄弟,或者他能应你所求。"

于是夜莺飞到日规旁边那丛玫瑰上。

她又叫道:"给我一朵鲜红玫瑰,我为你唱最醉人的歌。"

可是那树摇头。

"我的玫瑰是黄的,"那树回答她,"黄如琥珀座上人鱼神的头发,黄过割草人未割以前的金水仙。请你到那青年窗下找我兄弟,或者他能应你所求。"

于是夜莺飞到青年窗下那丛玫瑰上。

她仍旧叫道:"给我一朵鲜红玫瑰,我为你唱最甜美的歌。"

可是那树摇头。

那树回答她说:"我的玫瑰是红的,红如白鸽的脚趾,红过海底岩下扇动的珊瑚。但是严冬已冻僵了我的血脉,寒霜已啮伤了我的萌芽,暴风已打断了我的枝干,今年我不能再开了。"

夜莺央告说:"一朵红玫瑰就够了。只要一朵红玫瑰!请问有甚法子没有?"

那树答道:"有一个法子,只有一个,但是太可怕了,我不敢告诉你。"

"告诉我吧。"夜莺勇敢的说,"我不怕。"

那树说道:"你若要一朵红玫瑰,你须在月色里用音乐制成,然后用你自己的心血染它。你须将胸口顶着一根尖刺,为我歌唱。你须整夜的为我歌唱,那刺须刺入你的心头,你生命的血液得流到我的心房里变成我的。"

夜莺叹道:"拿死来买一朵红玫瑰,代价真不小,谁的生命不是宝贵的。坐在青郁的森林里看太阳在黄金车里,月娘在白珠辇内驰骋,真是一桩乐事。山茶花的味儿真香,山谷里的吊钟花和山坡上野草真美。然而'爱'比生命更可贵,一个鸟的心又怎能和人的心比?"

于是她张起棕色的双翼,冲天的飞去。她过那花园如同影子一般,如同影子一般,她荡出了那树林子。

那青年仍旧偃卧在草地上方才她离他的地方,他那副秀眼里的泪珠还没有干。

夜莺喊道:"高兴罢,快乐罢;你将要采到你那朵红玫瑰了。我将用月下的歌音制成它,再用我自己的心血染红它。我向你所求的酬报,仅是要你做一个真挚的情人,因为哲理虽智,爱比它更慧;权力虽雄,爱比它更伟。焰光的色彩是爱的双翅,烈火的颜色是爱的躯干。它有如蜜的口唇,若兰的吐气。"

青年从草里抬头侧耳静听,但是他不懂夜莺对他所说的话,因他只晓得书上所讲的一切。

那橡树却是懂得，他觉得悲伤，因为他极爱怜那枝上结巢的小夜莺。

他轻声说道："唱一首最后的歌给我听罢，你别去后，我要感到无限的寂寥了。"

于是夜莺为橡树唱起来。她恋别的音调就像在银瓶里涌溢的水浪一般的清悦。

她唱罢时，那青年站起身来从衣袋里抽出一本日记簿和一支笔。

他一面走出那树林，一面自语道："那夜莺的确有些恣态。这是人所不能否认的；但是她有感情么？我怕没有。实在她就像许多美术家一般，尽是仪式，没有诚心。她必不肯为人牺牲。她所想的无非是音乐，可是谁不知道艺术是为己的。虽然，我们总须承认她有醉人的歌喉。可惜那种歌音也是毫无意义，毫无实用。"于是他回到自己室中，躺在他的小草垫的床上想念他的爱人；过了片时他就睡去。

待月娘升到天空，放出她的光艳时，那夜莺也就来到玫瑰枝边，将胸口插在刺上。她胸前插着尖刺，整夜的歌唱，那晶莹的月亮倚在云边静听。她整夜的，啭着歌喉，那刺越插越深，她生命的血液渐渐溢去。

最先她歌颂的是稚男幼女心胸里爱恋的诞生。于是那玫瑰的顶尖枝上结了一苞卓绝的玫瑰蕾，歌儿一首连着一首的唱，花瓣一片跟着一片的开。起先那瓣儿是黯淡得如同河上罩着的薄雾——黯淡得如同晨曦的脚迹，银灰得好似曙光的翅翼，那枝上玫瑰蕾就像映在银镜里的玫瑰影子或是照在池塘的玫瑰化身。

但是那树还催迫着夜莺紧插那枝刺。"靠紧那刺，小夜莺，"那树连声的叫唤，"不然，玫瑰还没开成，晓光就要闯来了。"

于是夜莺越紧插入那尖刺，越扬声的唱她的歌，因她这回所歌颂的是男子与女子性灵里烈情的诞生。

如今那玫瑰瓣上生了一层娇嫩的红晕，如同初吻新娘时新郎的绛颊。但是那刺还未插到夜莺的心房，所以那花心尚留着白色，因为只有夜莺的心血可以染成玫瑰花心。

那树复催迫着夜莺紧插那枝刺："靠紧那刺，小夜莺，"那树连声的叫唤，"不然玫瑰还没开成，晓光就要闯来了。"

于是夜莺紧紧插入那枝刺，那刺居然插入了她的心，但是一种奇痛穿过她的全身，那种惨痛愈猛，愈烈，她的歌声越狂，越壮，因为她这回歌颂的是因死而完成的挚爱和冢中不朽的烈情。

那卓绝的玫瑰于是变作鲜红，如同东方的天色。花的外瓣红同烈火，花的内心赤如绛玉。

夜莺的声音越唱越模糊了，她的双翅拍动起来，她的眼上起了一层薄膜。她的歌声模糊了，她觉得喉间哽咽了。

于是她放出末次的歌声，白色的残月听见，忘记天晓，挂在空中停着。那红玫瑰听见，凝神战栗着，在清冷的晓风里瓣瓣的开放。回音将歌声领入山坡上的紫洞，将牧童从梦里惊醒。歌声流到河边苇丛中，苇丛将这信息传与大海。

那树叫道："看！这玫瑰已制成了。"然而夜莺并不回答，她已躺在乱草里死去，那刺还插在心头。

日午时青年开窗望外看。

他叫道："怪事：真是难遇的幸运；这儿有朵红玫瑰，这样好玫瑰，我生来从没看见过。它这样美红定有很繁长的拉丁名字。"说着便俯身下去折了这花。

于是他戴上帽子，跑往教授家去，手里拈着红玫瑰。

教授的女儿正坐在门前卷一轴蓝色绸子，她的小狗伏在她脚前。

青年叫道："你说过我若为你采得红玫瑰，你便同我跳舞。这里有一朵全世界最珍贵的红玫瑰。你可以将它插在你的胸前，我们同舞的时候，这花便能告诉你，我怎样的爱你。"

那女郎只皱着眉头。

她答说："我怕这花不能配上我的衣裳；而且大臣的侄子送我许多珠宝首饰，人人都知道珠宝比花草贵重。"

青年怒道："我敢说你是个无情义的人。"他便将玫瑰掷在街心，掉在车辙里，让一个车轮轧过。

女郎说："无情义？我告诉你罢，你实在无礼；况且到底你是谁？不过一个学生文人。我看像大臣侄子鞋上的那银扣，你都没有。"说着站起身来走回房去。

青年走着自语道："爱好傻呀，远不如伦理学那般有实用，它所告诉我们的，无非是空中楼阁，实际上不会发生的，和缥缈虚无不可信的事件。在现在的世界里存在，首要有实用的东西，我还是回到我的哲学和玄学书上去吧。"

于是他回到房中取出一本笨重的，满堆着尘土的大书埋头细读。

（原载于1923年12月1日《晨报》五周年纪念增刊号）

图书在版编目（CIP）数据

你是一树一树的花开 / 林徽因著. — 成都：天地出版社，2023.11
ISBN 978-7-5455-7940-6

Ⅰ.①你… Ⅱ.①林… Ⅲ.①中国文学－现代文学－作品综合集 Ⅳ.①I216.2

中国国家版本馆CIP数据核字（2023）第165335号

NI SHI YI SHU YI SHU DE HUA KAI
你是一树一树的花开

出 品 人	陈小雨　杨　政
作　　者	林徽因
责任编辑	吕　晴　柳　媛
责任校对	马志侠
封面设计	V　霄
责任印制	王学锋

出版发行	天地出版社
	（成都市锦江区三色路238号　邮政编码：610023）
	（北京市方庄芳群园3区3号　邮政编码：100078）
网　　址	http://www.tiandiph.com
电子邮箱	tianditg@163.com
经　　销	新华文轩出版传媒股份有限公司
印　　刷	玖龙（天津）印刷有限公司
版　　次	2023年11月第1版
印　　次	2023年11月第1次印刷
开　　本	880mm×1230mm　1/32
印　　张	7.25
插　　页	8P
字　　数	155千字
定　　价	42.00元
书　　号	ISBN 978-7-5455-7940-6

版权所有◆违者必究

咨询电话：（028）86361282（总编室）
购书热线：（010）67693207（营销中心）

如有印装错误，请与本社联系调换